COLLECTION FOLIO

Pauline Guéna

Reine

Denoël

Née en 1976, Pauline Guéna est écrivaine et scénariste. Elle a notamment publié le récit *18.3 : Une année à la PJ* (2020, Denoël), adapté par Dominik Moll dans le film aux sept césars *La nuit du 12* (2022). Elle est l'autrice d'un beau-livre, *L'Amérique des écrivains* (Robert Laffont, 2014), avec Guillaume Binet, et a participé à plusieurs ouvrages collectifs, dont *Quartier de combat : Les enfants du 19*^e^ (Denoël, 2021), coécrit avec Abdoulaye Sissoko et Zakaria Harroussi, et *Mimi*, avec Jean-Michel Décugis et Marc Leplongeon (Grasset, 2018). Elle a également été coscénariste de la célèbre série *En thérapie* transmise par Arte.

Je suivis ce mauvais garçon
Qui sifflotait mains dans les poches
Nous semblions entre les maisons
Onde ouverte de la mer Rouge
Lui les Hébreux moi Pharaon

Que tombent ces vagues de briques
Si tu ne fus pas bien aimée
Je suis le souverain d'Égypte
Sa soeur-épouse son armée
Si tu n'es pas l'amour unique

Apollinaire,
La Chanson du mal-aimé

Le gémissement de terreur de Reine est entré dans son cœur alors que le ciel se bleutait sur la ville, à la fin d'une journée d'été, chaude, moite, couverte – étouffante, même.

Marco est debout. La sueur qui couvre son torse nu, noueux comme un arbre, le torse d'un homme de plus de quarante ans, fait courir sur sa peau un frisson de fièvre. Il ouvre le tiroir de la table de nuit et en sort son petit Glock, compact et dur. Déjà, il descend l'escalier, ses pieds nus ne font aucun bruit sur le carrelage, il franchit en silence la porte du bar – il l'a huilée lui-même –, le sol est encore humide de la serpillière qu'elle était en train de passer, il contourne le comptoir et les aperçoit qui se font face, immobiles. Elle tient devant elle le manche de son balai, protection dérisoire. Derrière le rideau soyeux de ses cheveux noirs tombant jusqu'à sa taille, on distingue sa lèvre gonflée.

Marco tend le bras, prend à peine le temps de viser, fait feu. La première balle atteint l'homme au flanc gauche et Marco a cette réflexion qui n'est pas nouvelle : les salopards mettent plus longtemps à mourir. Car, alors qu'il aurait dû crever, cet enculé se met à courir.

Relents de pisse, de merde de chien, gaz retenus par les artères étroites, vapeur d'haleines et sécrétions de cheveux sales. Chaque matin, en ouvrant sa fenêtre, il suffoque. Pour quelques levers de soleil éclatants sur la Seine, pour quelques ciels enivrants au-delà du Pont-Neuf, qui ont soulevé sa petite âme provinciale d'une espérance aiguë aussi douloureuse que surprenante, combien d'heures ternes, maussades, ont été ici englouties ? La ville est clivée, comme on dit au Journal, dont la recette est d'ailleurs l'opposition des féministes aux hommes, des « génération Z » aux boomers, des grévistes aux usagers, des écologistes à ceux qui prennent l'avion, des musulmans à tous les autres – mais jamais des riches aux pauvres (ni l'inverse). Je serais pas en train de devenir populiste, des fois ? se demande-t-il avec étonnement, lui le libéral, le macroniste enfiévré du premier quinquennat, le transfuge de Picardie échappé par la haute voie de la méritocratie, lui le fils d'un père imbécile, lui le défricheur.

Il contemple encore un moment l'infinie étendue de l'injustice en habits de lumière et se demande à nouveau ce qu'il est venu foutre à

Paris. Et, immédiatement après, ce qu'il pourrait faire d'autre.

Léan doit le prénom qui le désole au système de production de Toyota, le *lean manufacturing*, et ce n'est pas une plaisanterie. Son paternel l'a vraiment baptisé en fonction du principe managérial qui a fini par avoir sa propre peau, à savoir : réduire au minimum les processus n'ajoutant pas de valeur au produit fini. Il l'a francisé en y mettant un accent et Léan a passé son existence à préciser « Léan, L-É-A-N, pas Léon... ». On ne choisit pas son prénom. Et on ne le change pas facilement non plus, n'en déplaise à son père qui s'est renseigné sur les démarches à faire pour le rebaptiser lorsqu'il a été lui-même réduit, quelques années avant la retraite. Alors là, oui, il aurait souhaité l'avoir appelé autrement – Léan préfère ne pas savoir ce qu'il avait en tête –, mais Léan c'était, et resterait.

Il a détesté son nom jusqu'au jour où Mélie l'a prononcé pour la première fois. Ils avaient quinze ans, elle venait de s'installer avec sa famille dans une maison étroite du village et tous les garçons lui tournaient autour, mais c'est lui qu'elle avait choisi. Elle avait dit « Lé », juste « Lé », de sa voix un peu rauque et précipitée, « Lé » contre son oreille, il sent encore son souffle qui fait courir sur son corps un frisson, « Lé » sur sa peau, « Lé ».

Il se secoue, il ne faut pas penser à Mélie, la règle est pourtant simple.

Léan termine de mettre ses chaussures, nubuck, semelle de crêpe, discrètes, pas de baskets, il est trop jeune pour se permettre d'en avoir l'air, un pantalon beige, une chemise dont il remonte les manches jusqu'aux coudes, c'est plus fort que lui, il se sent toujours un peu engoncé. Qu'est-ce qu'il donnerait pour poser ses pieds nus sur le sable dur et gris des plages de chez lui. Il termine sa tasse de café, referme la fenêtre, le bruit de la circulation et des klaxons diminue à peine, pas de double vitrage pour cette passoire thermique, puis il claque la porte et, en provincial, tourne deux fois la clé.

La rue. L'odeur, le bruit, les remugles de trottoirs mouillés par une pluie matinale trop fine pour les emporter, tiède, crasseuse et insipide, qui a mêlé les senteurs de pourriture et de pollution à celles des marchés exotiques du quartier. Des pyramides d'épices colorées voisinent les ventilateurs – il en a acquis un, qui tourne la nuit à son oreille, toujours sur le point de rendre l'âme –, et sont remplacées à l'automne par les parapluies, par le makrout pendant le ramadan, les Kinder à Pâques. En dessous se trouvent des bacs pleins de chaussures, de claquettes et de sous-vêtements, dont le contenu se renouvelle selon une logique qu'il peine à saisir, mais qui attire une foule de jeunes mères harassées. Plus loin, un magasin bio vend à des prix prohibitifs des fruits locaux et de saison, poussés dans la terre gorgée de produits chimiques de quelque vallon d'Île-de-France. Jus de poire de Creil, fromage blanc de Chambourcy, fraises du Raincy. Une jeune femme à l'exquise beauté portant un short de sport d'homme, des chaussettes tirées à mi-hauteur de ses mollets adorables et des Birkenstock, dépose sur le trottoir une caisse de petites pommes rouges qui mettent l'eau à la bouche de Léan. Il regarde les muscles tendus de ses bras tandis qu'elle lâche la caisse et se redresse. Elle souffle pour écarter une mèche légère de cheveux blonds, presque blancs, son débardeur dévoile ses flancs faméliques, elle le fixe de ses yeux gris qui ne sourient pas, il détourne le regard et s'éloigne à grands pas. Les filles parisiennes le laissent sans voix, il n'en a jamais abordé, même pas sa binôme à la rédaction, une gravure de mode arrivée en CDD la même semaine que lui, mais dont le statut est tout à fait différent. Elle est la fille d'une célébrité et le rédacteur en chef l'emmène parfois déjeuner en tête à tête quand il ne lui a jamais dit ne serait-ce que bonjour. Un jour, ils ont pris l'ascenseur seuls tous les deux et le silence, après le salut poli de Léan, s'est éternisé dans la cabine jusqu'au petit cling signalant qu'ils étaient arrivés. Léan s'est imaginé raconter la scène à Mélie, sur la plage balayée par le vent du nord, le sable blanc dans le lointain se fondant dans la pureté du ciel inlassablement lavé par les embruns, blottis au pied de la falaise couverte de cette maigre végétation têtue, capable de résister à un tsunami, aux vapeurs de la centrale de Penly comme aux tempêtes de sable, les séneçons blancs aux feuilles grises duveteuses se détachant à peine de la dune. Ils auraient tous été là, Mélie, Tiago et les autres, ses amis de jeunesse, ils auraient allumé un feu de bois flotté pour se réchauffer, leurs planches dégoulinantes d'eau glacée auraient été plantées comme les sculptures d'un peuple disparu et, dans le fracas de la mer agitée, une canette à la main, le visage rougi par les flammes, il aurait dit : « On n'était que tous les deux dans l'ascenseur, je lui fais bonjour et le gonze ne tourne pas seulement la tête, comme si personne n'avait parlé », et les autres auraient ri. Peut-être pas Tiago, qui préférait toujours décider lui-même le tempo et la force de ses moqueries, mais Mélie, elle, aurait souri, il en est sûr. Tout ça, c'est la vie d'avant. Les amours d'avant. Les amitiés disparues. Ça n'existera plus.

Léan sort du métro ensuqué de nostalgie, il traverse le parvis qui mène à l'énorme bâtiment abritant sa rédaction et quelques chaînes de télé. De rares journalistes – on est en août – fument ou téléphonent dans les courants d'air, personne ne le salue. Le vigile ne le reconnaît pas et pourtant c'est le même tous les matins, Léan l'appelle par son prénom dont il se souvient pour l'avoir vu une fois sur son badge. Malédiction des mémoires photographiques, Léan n'oublie rien et ça ne lui sert pas à grand-chose.

La rédaction est sur un plateau ouvert habité d'un bourdonnement de voix un peu diminué par les congés estivaux. Murs blancs, gris des carrés de moquette, arêtes coupantes des angles, des bureaux, des couloirs… il n'a jamais autant détesté un endroit. Il choisit un espace libre, allume son ordinateur, branche son téléphone portable sur le bloc intégré, sort son calepin, entre son code, cet enchaînement de gestes accomplis de façon filée, machinale, avant de s'asseoir, puis il tire la chaise à roulettes et commence à compulser les dépêches de la nuit. Comme le souligne son père, après six ans d'études et un peu trop de morgue, il est bel et bien toujours à la rubrique chiens écrasés (qui s'appelle « infos géné »), même pas au *print*, il doit bien en convenir. Il n'écrit quasiment que pour l'édition web, des papiers courts, prétendument factuels, qui reflètent pourtant fidèlement l'idéologie du Journal et de son propriétaire. Il fait partie du lumpenprolétariat de la presse écrite. En dessous, il n'y a que la PQR. Il n'a même pas le droit de signer ses articles, qui sortent tamponnés « L'équipe web », ce qui le rend malade, l'équipe se réduisant à sa seule personne.

Léan convoite le service politique. Il connaît par cœur le parcours du rédacteur en chef, celui qui ne dit pas bonjour : un grand lycée de province, Sciences Po Paris, le Centre de formation des journalistes, puis une arrivée au Journal et une ascension fulgurante. D'abord attaché à la couverture d'un parti depuis disparu, ou c'est tout comme, il devient correspondant à Washington, le graal pour ceux qui ne couvrent pas de conflits, et la guerre n'est pas son truc. Revenu des États-Unis, il rejoint la chefferie. La popol n'a aucun secret pour lui. Il y a depuis longtemps ses entrées, ses contacts, ses amis. Léan a beaucoup rêvé sur sa fiche Wikipédia, avant de commencer à comprendre que, pour lui, rien de tel n'arriverait, non parce qu'il lui manque quelque chose, mais au contraire parce qu'il a un muscle en trop. L'éthique, se dit-il pour se rassurer. *La trouille*, répondrait Tiago, s'il était là.

Déterminé à sortir du lot et à bien faire le peu qu'on lui confie, Léan compulse comme chaque matin les dépêches AFP et Reuters, les fils d'actu de la police, les groupes Facebook auxquels il appartient – groupes de flics, groupes de fachos, groupes d'antifas –, puis tous les petits magazines en ligne, Yahoo Actualités, on ne sait jamais, la presse people, et les lettres d'info auxquelles le Journal est abonné. Le travail et la concentration le sauvent, il s'oublie dans l'actualité, c'est d'ailleurs l'idée. Lorsqu'il termine sa diligente revue de presse personnelle, il a une idée de ce à quoi il aimerait s'attaquer et il ne lui reste plus alors qu'à tenter de le vendre à son chef, un homme agité de tics qui porte le nom d'un plat de pâtes, Carbo. Parce qu'il vit dans la peur, Carbo est incapable, il y a longtemps que Léan s'en est rendu compte, de repérer une info quand il en voit une. Avant d'obtenir son accord, il faut, chaque jour et parfois en vain, travailler longuement cet homme perpétuellement assailli par le doute et pourtant autoritaire et pétri de certitudes. Un abruti de première bourre qui lui fait perdre un temps infini. Carbo, c'est sa croix.

Ce matin, il repère un écho sur la page Facebook d'un flic trop bavard à la tête des brigades d'intervention du 94, un bataillon de brutes qui se prend pour le Raid. L'homme a un physique de statue grecque, son Facebook est essentiellement composé de photos de lui torse nu, corps travaillé par la pratique quotidienne du CrossFit. Il y a quelques images, dont Léan se demande si elles n'ont pas été réalisées avec trucage, où il tient debout sur une main, les pectoraux gonflés à éclater, dans des positions défiant l'apesanteur. Il a simplement enlevé les voyelles de ses nom et prénom pour créer son profil, croyant ainsi passer inaperçu. Dvd Mssn pour David Massena.

Léan l'a rencontré lors d'une opération antiterroriste. Il était encore stagiaire et guignait un poste à la rédaction. Le cours des événements l'avait conduit jusqu'en Normandie, dans une petite Dacia beige empruntée à un copain, au volant de laquelle il s'était soudain trouvé, emporté par son élan, à dépasser les blindés des brigades spéciales parties à la poursuite d'un terroriste. Incrédule et furieux, un membre du GIGN avait fini par le forcer à se garer sur le bas-côté et l'avait confié à la garde du commando casqué venu en renfort du 94, huit hommes piaffant d'en découdre, impitoyablement maintenus à l'arrière par les vrais pros. Pendant que l'armée délogeait le criminel replié dans un pavillon conspiratif (Léan a toujours aimé ces termes policiers qui glissent dans le langage courant quand personne n'y prend garde), il avait sympathisé avec les gros bras réduits à l'impuissance. Dans les fumées noires des usines de Porcheville, des liens s'étaient noués. Léan sait écouter et les hommes d'action aiment souvent parler. Ils avaient fini par devenir amis, ou quelque chose comme ça. Parfois ils se voient et David lui file quelques infos, par ennui, envie de se faire mousser ? Il n'en retire d'autre bénéfice qu'une oreille attentive et Léan surveille régulièrement ses posts, où David se fait tour à tour sélectionneur de l'équipe de France, politologue, Nostradamus, coach sportif ou diététicien, mais toujours nationaliste, espérant qu'il en dise trop. Ce matin, il lit quelques mots postés dans la nuit et faisant référence à une « opé en cours à Champigny-sur-Marne ». Entre les lignes, il comprend qu'il s'agit d'un meurtre, et s'étonne qu'on envoie une compagnie de sécurisation pour un homicide. Il tape un message à David : « t'y es tjs ? » que l'autre lit, comme l'atteste la notification, mais qu'il laisse sans réponse. Dans la minute qui suit, le post Facebook est effacé. Léan est désormais convaincu qu'il y a quelque chose à creuser.

Il lève la tête. Son chef est arrivé, la tasse de café greffée à la main, et les cheveux déjà dressés comme s'il y avait fourragé devant l'insondable énigme de sa propre existence. Le moment n'est ni pire ni meilleur qu'un autre. « Vends-le-moi, dit toujours Carbo. Si t'es pas capable de me le vendre à moi, t'arriveras à intéresser personne. » Léan, qui suppose les lecteurs plus intelligents que Carbo, prend une grande inspiration et va plaider son cas.

Une heure plus tard, il est dans la ligne A, déjà épuisé de l'énergie dépensée pour avoir le droit de commencer à travailler. Enquêteur de RER, pense-t-il avec un brin d'amertume, et encore, il doit se battre pour y arriver. Il a des impatiences tandis que le train progresse à travers la grande désespérance de l'Île-de-France, émergeant des souterrains parisiens pour longer des baraques insalubres, des carrés de potagers partagés et d'immenses cités hérissées de tours pas encore démolies, où il distingue la couleur des draps et des tapis battus par le vent. Il aperçoit, coincées entre les bretelles d'autoroute, les rails et la Marne étroitement bordée de canaux, les baraques de carton de bidonvilles dont il a découvert avec stupéfaction que la ville la plus riche d'un des pays les plus riches n'avait jamais réussi à les résorber et que tout le monde s'en foutait.

Peut-être que ce sont les yeux noirs de Reine qui lui ont remis en tête les petits chevaux corses du Haut-Nebbio, alors qu'il repose, immobile mais aux aguets, muscles tendus sous une feinte décontraction, comme un gros chat, un bras passé derrière la tête en guise d'oreiller, la crosse de son revolver bien en main, le sac fermé posé à ses côtés, ses chaussures seulement délacées, dans le taudis coincé sous la deux fois deux voies où il a trouvé refuge. L'odeur du matelas sans draps, faite de sueur et de moisissure, se dissipe alors qu'il s'enfonce dans ces yeux si pleins d'une chose qui lui échappe. Lui reviennent des souvenirs depuis longtemps enfuis, le galop des troupeaux sauvages dans le maquis poussiéreux, le grognement des cochons invisibles dans la broussaille, les cloches qui tintaient au cou de ses chèvres. Malgré toute sa volonté, consacrée pendant des années à oublier, il dérive vers le passé, porté vers la vallée ombragée de son enfance, dans ces ravines et ces châtaigneraies dont il connaissait les moindres sentes, sur ces hauts plateaux où les bergers pratiquaient encore, à la fin du siècle dernier, un pastoralisme semi-nomade. Il a grandi sous les arbres noirs et tordus, son corps mince, presque frêle, de gosse mal nourri, maltraité, peu aimé, y trouvait refuge. Et à seize ans, alors que personne ne voulait de lui nulle part – trop grand pour l'école, trop jeune pour l'armée, trop sauvage pour les hôtels de la côte –, il avait été engagé pour surveiller un troupeau de ces chevaux qu'une association tentait de réimplanter dans l'île. Il escortait de loin, solitaire et fasciné, ces *paganacci* dont le sabot trouve l'équilibre même sur les pierres les plus escarpées, fins et musclés dans leur robe baie.

Dehors, la température monte et la tôle qui l'abrite se fait vibrante. Les mouches vrombissent, il entend le grondement de l'autoroute voisine et des cris d'enfants qui jouent quelque part, plus près le jappement d'un chien, une vie minuscule et obstinée. Ses yeux ne se ferment pas, il lutte contre lui-même, incapable de se laisser aller au sommeil dont il a besoin. Les muscles au coin de ses paupières sont tendus et le brûlent. Comment s'est-il fourré dans une merde pareille ? Son front est moite. Il revoit le soyeux rideau des cheveux de Reine, y passe la main, sentant sa douceur de soie avec le vertige de l'illusion, et il s'est peut-être endormi, finalement, tandis que se mêlent en lui le plaisir retrouvé de l'odeur du sous-bois et celui, hypnotique, de son odeur à elle. Le soleil poursuit sa course derrière le brouillard de pollution et chauffe comme dans une éprouvette vapeurs toxiques et suées humaines au son entêtant d'une radio qui diffuse de la variété française. Mais dans sa main qui croit tenir le doux rideau de ses cheveux tièdes, si souples qu'ils paraissent vivants, il n'y a rien, rien du tout.

Les rues étroites qui mènent à la place de la Mairie sont encore barrées de rubalise marquée « Police », et un planton en uniforme monte la garde à chaque extrémité. Léan fait le tour du pâté de maisons en se demandant comment procéder. La locale du *Parisien* est déjà à l'œuvre un peu plus loin, en train d'interroger un jeune homme torse nu. Elle reconnaît Léan et lui jette de loin, derrière la masse broussailleuse de ses boucles emmêlées, un regard de défiance, pour voir s'il a trouvé, lui, quelque chose de mieux à se mettre sous la dent. Si elle imagine qu'il va faire un micro-trottoir, elle se trompe. Un peu plus loin, il repère la Clio des techniciens de la Crime. L'espoir accélère son pouls. Il approche et reconnaît Claire, auprès de qui il a fait un stage de formation de trois jours à l'issue de son école. Tout le monde avait demandé des services de police actifs de la préfecture, il s'était donc rabattu sur la grande couronne, moins convoitée, et sur l'Information judiciaire. Claire l'a vu, elle aussi, et elle le regarde avancer sans répondre à son salut, ses yeux verts soulignés de fatigue s'alourdissant déjà de contrariété. Elle oppose un simple « Non » au « Bonjour ! » qu'il a tenté jovial. Il soupire, pose la main sur le capot brûlant et tord son corps pour mettre ses yeux à la hauteur des siens. Elle a encore ses surchaussures aux pieds :

— T'es prête pour le bal, lance-t-il dans une pathétique tentative de copinage.

— J'ai toujours dit que c'était débile d'accueillir des journalistes à l'IJ.

— Tu as passé la nuit sur les constats ?

— À quoi pensaient les tauliers quand ils se sont dit : Tiens, si on faisait entrer le loup dans la bergerie ?

— Le loup ? Des journalistes stagiaires ?

— C'était une idée de merde.

— J'ai entendu dire que c'était du lourd, cette affaire.

— Nouer des liens personnels et après, quoi ?

— Ils ont fait venir l'équipe d'intervention du département, à ce que j'ai compris.

— Léon…

— Léan.

Elle se détourne, il se dit que c'est le moment d'essayer la rupture de ton.

— Fais-moi passer, je t'en supplie.

— Pour perdre mon job ?

— Je m'installe au café en face, discrètement, tranquillement, personne me verra.

— En face de quoi ? Y a pas de café en face. Le café, *c'est* la scène.

— Le meurtre a été commis dans un café ?

— Je m'en vais, là, j'ai fini.

— Prétends que tu as oublié quelque chose.

— Je n'oublie jamais rien.

— Par exemple, ton carnet de notes est resté sur place.

— Qu'est-ce que j'ai à y gagner, Léon ?

Invite à la négociation ? se demande-t-il.

— Un article sur les conditions de travail à l'IJ ?

C'est la principale chose qu'ils avaient daigné lui expliquer lors de son stage : leurs horaires, leur statut, leur retraite, moins avantageux que ceux des fonctionnaires de police. Tandis qu'il les suivait d'autopsies (essayant de ne pas tourner de l'œil) en scènes de crime (des souvenirs gravés pour toujours sur sa rétine, le motif exact du drap enveloppant le corps sans vie d'une jeune fille, sa dernière tasse de thé, pas finie, posée sur la table basse, les bleus sur son cou. « Regarde les pétéchies », avait dit Claire de sa voix lasse en soulevant une paupière maquillée sur l'œil mort), tout ce temps-là, de leur premier café le matin à leur séparation sur le parking le soir, leur sujet de conversation favori, obsessionnel, brûlant, avait été leur statut.

Claire regarde droit devant elle sans répondre. Elle fait plus que ses trente ans, les nuits sans sommeil ont abîmé ses paupières.

— Un papier sur le statut non conventionné des analystes ?

Il lui semble qu'elle l'écoute un peu plus attentivement. Il pousse.

— C'est absolument dégueulasse que vous soyez obligés de passer par le concours externe si vous voulez avoir le statut. Pourquoi n'avez-vous pas les mêmes avantages ?

Elle se tait encore un peu puis ça déborde.

— Les avantages salariaux et l'ancienneté ne nous sont pas comptés, puisqu'on est contractuels.

— Ça me révolte et ce sera dit.

— Je ne te laisserai pas descendre, Léan.

— Emmène-moi juste faire le tour.

Elle soupire, il sourit.

— Monte.

Il claque la porte de la Clio, elle démarre. La fille du *Parisien* le voit passer et la surprise agrandit ses yeux, Léan retient un sourire victorieux. La Clio ralentit devant le planton.

— PJ, dit Claire par la fenêtre ouverte.

Elle n'a pas besoin de sortir sa carte, son assurance suffit. Léan se demande s'il y arriverait. Ça pourrait marcher une fois, mais ça coûterait cher s'il se faisait prendre. Le planton soulève bien haut la rubalise amollie par la chaleur, elle produit le froufroutement d'un animal tropical sur le toit, tandis que Claire redémarre brutalement.

La place de la Mairie est plantée de marronniers qui perdent déjà leurs feuilles. Un désordre de véhicules de police encombre les lieux et quelques agents en tenue tentent de maintenir les curieux chez eux. Le contour d'un corps est dessiné sur le seuil du café, du sang a séché sur le trottoir. Une petite femme bien mise en qui il devine la juge – « substitut », précise Claire – s'entretient avec des policiers.

— Pourquoi tant de ramdam ? demande-t-il tandis que Claire, lentement, entreprend de faire le tour de la place pour le laisser tout voir.

— Mairie. Et puis, il est connu.

Léan hoche la tête et sort son carnet.

— Son identité ?

— Va te faire mettre.

Un flic à l'air épuisé fait signe à Claire, elle ralentit et s'arrête.

— On te manquait déjà ?

— Et toi, ton dodo t'appelle pas ?

— La brigade de jour est à la bourre.

Il regarde Léan avec le soupçon machinal des forces de l'ordre dans le fond de l'œil.

— Bonjour ? prononce-t-il avec un point d'interrogation dans la voix en guise de commencement d'interrogatoire.

— Stagiaire, le coupe Claire, faisant rempart.

— Eh ben bon courage, y en a qui aiment les autopsies à ce qu'on dit, et ils seraient même pas bizarres.

Léan sourit, Claire redémarre avec un rire fatigué :

— Si si, on est bizarres.

Il aperçoit, à une fenêtre, un jeune qui regarde la place depuis son balcon, juste en face du café, et note l'adresse sur son calepin. Il sait que Claire en a marre, qu'elle est tendue, qu'elle veut rentrer se coucher. Il n'obtiendra rien de plus. Elle tourne à gauche. Il n'a vu nulle part la compagnie d'intervention de David.

— Tu peux m'en dire plus ? Un petit truc.

— Tu le sauras vite par la presse.

— C'est moi la presse.

— Six balles, dont une transfixiante, deux par le grand dorsal gauche, une s'est arrêtée dans le poumon, vu la quantité de sang régurgitée, une qui a rasé le crâne et une dans la nuque. Décès probable vers 23 heures.

Il note rapidement.

— Mais c'est qui ?

— J'en sais rien.

— L'auteur ?

— En fuite.

— Des témoins ?

— Une.

— Elle dit quoi ?

— Je sais pas.

— Putain.

Elle a arrêté la voiture mais pas le moteur, elle attend qu'il descende.

— L'enquête s'oriente comment ?

— Salut Léon.

— Léan.

— Salut.

— Des pistes ? Un biscuit.

Elle se penche par-dessus ses genoux pour lui ouvrir la portière.

— Pourquoi la compagnie d'intervention a été appelée ?

— Qui te dit qu'ils l'ont été ?

— Qu'est-ce que la substitut fait encore là ?

— Lien avec la mairie je te dis. Descends, je rentre.

— Vous n'avez rien ?

Il descend.

— Ferme la porte.

Il la ferme.

Elle repasse la première.

— Claire…

Elle démarre.

La fille du *Parisien* vient vers lui, il fait mine de répondre à un appel, elle hésite puis tourne les talons, déçue, tandis qu'il va s'installer, un peu plus loin, à l'ombre. Il met fin à son coup de fil imaginaire, se sentant obligé de dire « Au revoir » dans l'appareil silencieux, puis tape l'adresse du petit immeuble où il a repéré le jeune homme. Quatre noms apparaissent. Il appelle chaque numéro. En vain.

Reine est assise immobile dans un bureau où vont et viennent des hommes et des femmes qui portent une arme à la ceinture. Elle ne regarde pas les lieux, n'attache aucune importance à son confort. Elle ne bouge pas du tout, les mains posées l'une sur l'autre. Elle a refusé d'un signe de tête de voir un médecin. N'a pas accepté de manger non plus et, maintenant que plusieurs heures se sont écoulées, une des femmes qui occupent cette vaste pièce, dont le bureau disparaît sous la paperasse, a monté sans lui redemander son avis un sandwich, au fromage d'après l'odeur, qu'elle a posé devant elle. Reine ne veut pas manger. Elle pense qu'elle ne peut pas ouvrir la bouche sinon un long cri en sortira. À nouveau. Il ne faut pas. Elle garde ses lèvres serrées l'une contre l'autre, elle sent à l'intérieur la blessure infligée par un revers de main qui a écrasé la muqueuse contre ses dents, l'entaillant profondément. Elle y passe la langue. La douleur la maintient en alerte. Bouger à l'intérieur, c'est la seule chose qu'elle s'autorise. Et encore.

Elle ne sait pas ce qu'elle va leur dire. Elle se doute de ce qu'ils demanderont. Pour l'instant, ils ont juste voulu savoir quelle langue elle parlait. Elle a fait comme si elle ne comprenait pas le français. Ils attendent un interprète.

Elle se souvient que, plus tôt, quand elle a cessé de crier, elle a dit, comme une folle, deux fois son prénom. Michel. Michel. Elle s'en veut. Elle aimerait croire qu'ils n'ont pas entendu, qu'ils ont oublié, mais quand le jeune flic pâle est entré, avec un carnet à la main, il s'est placé derrière la femme au sandwich et il a répété ce nom, Michel.

— C'est bien ça que vous avez dit ? Michel ?

Elle n'a pas répondu.

La femme au sandwich tape quelques mots sur son ordinateur.

— Pour la victime, moi j'ai Igdir Negezi, 10/03/85 à Issoudun. Ce serait l'auteur, Michel ?

Ils la regardent tous les deux, attendant quelque chose. Elle contrôle les muscles de son visage, leur imprime une passivité totale, leur ordonne le vide.

— Je sais pas si elle comprend, dit le jeune flic pâle.

— Oh, elle comprend, elle comprend, souffle la femme au sandwich. Viens une minute.

Ils sortent dans le couloir, laissant la porte entrouverte pour pouvoir la garder à l'œil. Ils échangent quelques mots, qu'elle n'entend pas, elle impose à son corps de ne pas avoir l'air d'écouter, elle se force à le quitter pour flotter doucement dans la pièce. Ça marche. Elle s'élève, fumeuse, alanguie, elle quitte ce petit corps compact et douloureux, elle commence à s'éloigner, à dériver, loin de la peinture écaillée, des néons encerclés d'appliques aux lames tranchantes, des armoires de classement, des feuilles roses, jaunes, blanches, des imprimantes, des menottes, des flingues, des pas rapides sur le lino, des chaises de bureau aux roulettes voilées, des tiroirs qui se referment en claquant, des trousseaux, des serflex, des gilets pare-balles et des brassards orange, des ordinateurs qui mettent longtemps à s'allumer, des carreaux poussiéreux, des toiles d'araignée au plafond, des cafards qui filent sous les faux planchers, les faux plafonds, des poissons d'argent qui vivent leur toute petite vie dans la poussière. Elle s'élève dans l'air chauffé, battu et répandu à nouveau par les ventilateurs, se dissipe tout entière et disparaît.

Les agents de police secours, rendus maussades par la chaleur d'étuve, retirent enfin les barrières et Léan emprunte la rue. Il laisse la pigiste du *Parisien* à ses clichés amateurs du café dont les rideaux de fer sont maintenant baissés, à ses gros plans du trottoir sur lequel le sang a été dissipé au jet d'eau – une croûte peut-être, encore, ici ou là, brunâtre ? – et à son micro-trottoir avec les employés de la mairie qui n'ont rien vu, mais de telles atrocités, où va le monde…, et se dirige vers le petit immeuble de l'autre côté de la rue. Pas de code, un hall jaune pisse refait à neuf, des boîtes aux lettres qu'il prend en photo. Il repère le nom de son candidat au deuxième étage, sonne à l'interphone, longtemps, en vain. Merde. Quand il ressort, la fille du *Parisien* est au Petit Casino dont elle interroge le caissier tout en le surveillant à distance, se demandant ce qu'il fabrique. Un peu plus loin, un groupe est rassemblé, parmi lequel il espère reconnaître le jeune aperçu ce matin à sa fenêtre, en vain. Il s'arrête à l'ombre des marronniers, dans les feuilles pourrissantes, une odeur de poussière piquante monte à ses narines. Il consulte ses messages. Deux SMS « urgent rapl » de son chef. Tous ses messages, depuis que Léan le connaît, commencent ainsi et, en général, il n'y a pas d'urgence. Carbo a simplement tendance à se noyer dans un verre d'eau. L'autre texto provient de son compte de formation, on lui propose d'apprendre la langue des signes. Il adresse à la brute les mots suivants : « Alors David, que dirais-tu d'un café ? Dispo quand tu veux. » À nouveau, l'autre lit et ne répond pas. Mais pourquoi ? Suivant des yeux la fille du *Parisien* qui revient d'un pas lent vers la mairie, pendue au téléphone, Léan rappelle son chef.

— Ça fait une heure que j'essaie de te joindre, qu'est-ce que tu fous ?

— Je suis à Champigny et…

— Laisse tomber, j'ai besoin que tu me pondes un papier sur une conférence organisée par des avocats et consacrée à la justice pénale qui s'est tenue lundi à Lyon.

— Une conférence sur la justice pénale ?

— C'est ce que je viens de dire.

— Mais quand ?

— L'année prochaine.

Sur ces mots aimables, Carbo raccroche, laissant Léan perplexe. Ce qu'il aurait voulu demander, c'est pourquoi. Pourquoi lui ? Les congés d'été ont-ils à ce point désorganisé la rédaction qu'on soit obligé de lui confier quelque chose d'intéressant ? Serait-ce son passeport pour un autre service, la justice ou même la politique ? T'emballe pas mon petit père, se refrène-t-il. Il envoie un SMS à une avocate qui travaille dans un cabinet spécialisé dans les féminicides, violences intrafamiliales, divorces sanglants et affaires d'inceste. Ils ont passé leur licence assis côte à côte à dire du mal de leurs condisciples. « t'étais à la conf à Lyon ? » « t ouf, y en a qui bossent », répond-elle dans la seconde. « tu veux le cr ? » Le soulagement irradie derrière ses mollets. « grave », « sur ton mail ». Il lui envoie un cœur, elle un doigt, et c'est alors qu'il voit sortir de l'ombre le jeune homme dont il reconnaît instantanément la coupe mulet. Il se détache de l'arbre, s'enjoignant de ne pas aller trop vite. Il a conscience de la masse noire des cheveux de la fille du *Parisien* à l'extrémité de son champ de vision, il ne veut pas attirer son attention, mais le jeune marche vite, son casque sous le bras, vers un Sym Orbit noir et gris. Il va lui filer entre les doigts. Léan allonge sa foulée.

— Salut !

Le jeune homme sursaute et se retourne vivement, sur la défensive.

— T'habites le coin ? Je crois que je t'ai aperçu à la fenêtre ce matin. Tu as vu ce qui s'est passé, non ?

Un sourire malin s'épanouit sur le visage du jeune homme.

Le roulis du RER secoue Léan qui plane littéralement. Il n'a pas droit aux notes de frais et il aurait eu de toute façon bien du mal à justifier celle-là. Mais quelle aubaine d'être tombé sur lui, qu'il ait tout filmé, qu'il ait accepté 400 euros ! C'est ça le flair mon p'tit père, se félicite Léan, légèrement euphorique. Il a foncé au distributeur, certain que le garçon ne se gênera pas pour la revendre ailleurs, sa vidéo, ou même la publier directement en ligne. Mais pour l'instant, il n'y a que lui. Même la police ne l'a pas encore. Tandis que le train le ramène vers Paris, il regarde l'image sur l'écran de son téléphone, les écouteurs dans les oreilles.

La scène est tremblée, la nuit est complète. Le lampadaire qui fait l'angle du café jette sa lumière orange en halo. Léan entend le jeune chuchoter « putain, putain » tandis qu'il zoome sur un corps couché en travers de la porte. L'image devient chaotique et balaie à toute vitesse des choses indistinctes, avant de se fixer à nouveau sur l'entrée du café où un homme, portant une casquette, vient d'apparaître, enjambant le corps. Il tourne la tête, à gauche, à droite, puis, brusquement, vers l'immeuble d'en face et l'on aperçoit alors son visage aux traits à la serpe. De surprise, le jeune lâche son appareil. Quand il le reprend, l'homme a disparu.

Léan relance le film : il a une image du tueur, qui le regarde droit dans les yeux.

La sueur dégouline sur son torse, son biceps tressaille à peine lorsque les mouches se posent sur lui comme sur une viande morte. Sa prise s'est desserrée autour de la crosse de son arme, il n'est plus vraiment là, malgré la douleur sourde dans ses tempes due à la déshydratation. Il est revenu à son enfance, sur les hauts plateaux de granit. Un carré de lumière violente entre par la fenêtre ménagée dans le mur de parpaings, portant l'odeur du sous-bois et le bruit têtu des insectes. Entre ses cils, il regarde le bras noueux de son grand-père, ses doigts tordus comme des carottes sauvages, sa bouche presque édentée, sa puissance malgré l'assaut de l'âge. Sur ses jambes arquées, il avait le pas stable dans les chemins caillouteux, aussi précis que celui de ses bêtes, et Marco mettait ses pieds dans les siens. Les chèvres l'entouraient, avec leurs yeux jaunes et leurs sabots fourchus, leur air malin et leurs défis, leur fourrure odorante.

Il se réveille en sursaut. Les cris et les rires des enfants ne sont pas ceux de l'école du village, mais c'est bien l'odeur sèche du béton et celle, suffocante, de la tôle chauffée à blanc qui mêlent à nouveau dans sa sueur et dans la crasse les années et les lieux. Il se redresse, sa prise sur l'arme resserrée, aux aguets. Les enfants se sont tus. Comme les oiseaux. Il se lève, attrape l'anse de son sac et gagne la porte arrière de l'abri – c'est pour ça qu'il l'a choisi, il y en a deux.

Les ordures encombrent les allées du bidonville, une trottinette électrique jaune citron volée puis abandonnée gît en travers du passage. Il la redresse et tourne la poignée, mais elle est déchargée. Une poupée, des poules, un clébard qui montre les crocs en reculant, des fils à linge… Il accélère sans toutefois se mettre à courir. Parfois ses épaules sont trop larges pour ce qui tient lieu de ruelles et il se faufile de profil. Des éclats de voix résonnent derrière lui, il n'aurait pas dû faire confiance à la femme-araignée qui gère ce camp et qu'il connaît depuis la nuit des temps. Une créature sans âge, à l'abdomen dur et aux longs membres décharnés. Mais il avait besoin d'une planque pour quelques heures. Un peu plus tôt, il a détruit son téléphone et l'a jeté dans la Marne.

La ruelle se finit en cul-de-sac sur un talus jonché d'ordures et de plastique balancés par les automobilistes ou repoussés à la lisière du camp. L'air est lourd, mais un vent mauvais fait trembler l'herbe rase. Et pourtant il y a des fleurs qui poussent, même là, un bouquet de valériane tendu vers le soleil, de la chicorée sauvage en grappes bleues, entre un soulier moisi et un Tampax usagé. Marco empoigne la végétation à pleines mains, elle est sèche, piquante, il se hisse. Les voix de ses poursuivants approchent, il reconnaît des mots en serbe. Il agrippe la barrière de métal qui borde la Francilienne et bascule d'un seul mouvement par-dessus. Derrière lui, on s'est mis à courir, mais le bruit de la cavalcade disparaît quand il retombe sur la voie rapide, dans la stridence des klaxons stupéfaits. Il n'y a pas de bande d'arrêt d'urgence, il se colle contre la glissière tandis que les voitures passent comme des fusées. Un chiffre lui revient : sur l'autoroute, l'espérance de vie d'un piéton est de vingt minutes. Ça l'étonnerait de tenir aussi longtemps. Chaque véhicule lui renvoie une gifle de vent chaud. Le goudron colle à ses semelles, il se déplace en crabe quand une écharde de métal déchire sa chair aussi nettement que le ciseau d'une couturière. L'habitude retient son cri mais la douleur projette son corps en avant. Il voit son front toucher un rétroviseur, sa tête exploser et répandre en une longue giclée sanglante les grains rouge et noir de ses souvenirs. À quoi ressemble un neurone, à quoi ressemble une image ? Sa cervelle n'est plus qu'une bouillie tiède sur laquelle les pneus passent et repassent, squitch, splatch.

Le visage de Reine emplit son cœur tout entier. Par un effort de volonté, il se redresse et se plaque en arrière, et l'automobiliste qui n'a pas dévié passe dans un hurlement d'avertisseur. Marco accélère. Le sang s'écoule dans son dos. Il aperçoit un pont de béton noirci par les gaz, hérissé de marches métalliques. Tout se brouille tandis qu'il se concentre, gauche, ridicule peut-être, mais ce qu'il sait faire le mieux, Marco, c'est survivre. Enfin, jusque-là, c'est ce qu'il savait faire le mieux et il a eu plus d'occasions que d'autres de mettre ce talent à l'épreuve au cours des quarante-cinq dernières années.

Sa main attrape le premier échelon de fer torsadé et il se soulève à la force des bras, se tracte au-dessus du bitume sur un, deux, trois échelons, son pied trouve un appui et le propulse, il grimpe, le nez au ras du béton grumelé couvert de graffs. Il lit machinalement, « JC était là », sans date. JC, vraiment ? Sa main se pose sur le dernier barreau, il bascule sur le pont et s'écroule.

C'est un autre monde, une route de campagne au-dessus de l'enfer. Sans attendre, il se met à trotter à foulées régulières, son sac de sport battant à son flanc. Il tourne le dos au bidonville et à ses poursuivants, la tête vide de toute pensée.

Léan regarde les autres vidéos. L'une, filmée quelques instants seulement après la disparition de l'homme, d'après l'horodatage, montre trois agents en uniforme, armes de poing sorties, approchant du café. On entend des « Un homme à terre », « Monsieur, vous m'entendez ? », « Y a encore quelqu'un à l'intérieur ? », des interrogations confuses, des « On fait quoi ? T'entends l'ambulance ? C'est la morgue qu'y faudrait, vas-y on approche, tu me couvres »... puis un « Monsieur, oh, monsieur, rentrez chez vous », cette fois adressé au preneur d'images. La caméra se baisse sur des chaussettes blanches et puis, plus rien.

Sur les suivantes, prises d'un autre angle – Léan pense que le jeune a dû s'allonger et rester à l'intérieur de l'appartement, pour ne pas se faire repérer –, on entend moins bien ce qui se dit mais on distingue le reste de l'intervention qu'il reconstitue ainsi : après l'arrivée de la première patrouille de police secours règne un désordre rythmé par leurs allées et venues hésitantes. À 2 heures débarquent les golgoths casqués de la compagnie départementale. Léan croit reconnaître la haute silhouette de David – mais rien ne ressemble autant à un homme armé et cagoulé qu'un homme armé et cagoulé. (Pourquoi ce salopard ne veut-il plus lui parler ?) Après un conciliabule, ils font reculer tout le monde, premiers intervenants compris, et entreprennent de sécuriser les lieux – ce qui paraît ridicule à Léan, puisque les bleus sont déjà sur place depuis près de deux heures. Si tireur embusqué il y avait, le carnage serait terminé. Il note dans son calepin les chiffres de l'horodatage des vidéos.

Puis il revient, encore une fois, à la première vidéo et au visage pâle et creusé de l'homme qui sort du café. Et qui le regarde.

Son chef en forme de bougie fondue le repère dès qu'il met les pieds sur le plateau. L'homme est un mélange inédit de mollesse et d'agitation anxieuse. Sur un signe impératif, Léan va jusqu'à son bureau où il doit pourtant attendre un long moment que Carbo termine une conversation téléphonique, figé sur place par un index autoritaire.

— Cette conf ? demande Carbo en raccrochant.

— Je suis dessus, mais j'ai aussi un truc intéressant sur le fait div de Champigny.

— Quel fait div ?

— Le meurtre du propriétaire du café. Où j'étais, tu sais.

Carbo fixe sur lui un regard vide et Léan convient intérieurement que dit comme ça, cela ne semble pas être l'affaire du siècle.

— J'ai une vidéo…, tente-t-il faiblement.

— La priorité, c'est le papier que je t'ai commandé. Je croyais que t'étais intéressé par la pol.

— Oui, bien sûr.

— Alors active-toi.

Léan retourne à son poste, tire l'ordinateur de sa veille et consulte ses messages. Élisa, son amie avocate, lui a envoyé le compte rendu. Il l'ouvre et le parcourt, rapidement démoralisé quand il lui apparaît évident qu'on ne le laissera jamais faire un papier dessus. La réunion a été l'occasion d'un exposé à mots à peine couverts des casseroles de l'actuel garde des Sceaux. Le ton est provocateur. Il hésite. Carbo voudra forcément le confier à un journaliste plus expérimenté, s'il lui en parle. Mais il peut toujours creuser un peu avant. Si vraiment c'est son passeport pour quitter le service web, il ne doit pas lâcher si facilement. Il tape une réponse rapide à Élisa : « Ça cogne ! Je peux appeler ta pote pour lui poser quelques questions ? En off si elle préfère. » Une réponse d'Élisa arrive, avec un 06, et un laconique « Pas de ma part ». Il lui envoie un cœur, elle lui retourne un doigt, il décroche son téléphone.

Huit heures ont passé. Reine n'a pas touché au sandwich. Elle n'a pas bougé, n'est pas allée aux toilettes, ne s'est pas levée une fois. Mais lorsque l'interprète est arrivée, elle a dû se résoudre à répondre aux questions. Pendant toute l'audition menée par le jeune flic au visage pâle, sa collègue feint de travailler sur son ordinateur, mais Reine sent son attention sur elle.

Elle confirme son identité : Reine Fuente Lupa, mais elle ne dit pas que son prénom, avant qu'on la rebaptise Reine pour plus de simplicité à l'exportation, c'était Huaraz. Ça veut dire Aube, dans la langue de chez elle. Elle n'a pas ses papiers sur elle et ne sait d'ailleurs pas où ils sont. Elle est née en Équateur en 1997, à Charco Largo, un village forestier proche de la frontière colombienne. Elle ne croit pas être en situation régulière ici, mais après tout, peut-être ? Elle est entrée avec un visa touristique, elle ne sait plus à quelle date exactement. Ils croient qu'elle ment mais elle se sent trop fatiguée pour s'expliquer ; c'est pourtant vrai qu'elle ne sait pas quand elle est arrivée. Depuis combien de temps est-elle là, dans ce café, dans cette longue nuit peuplée d'horreurs qui peut avoir duré un mois, un an, ou davantage? Pourquoi aurait-elle compté? Qui ça intéresse?

Le jeune flic pose ses questions d'une voix douce et elle le comprend parfaitement, mais elle attend chaque fois que l'interprète les reformule dans son espagnol citadin et agressif, bien loin de la douce langue équatorienne. Ça lui donne le temps de rassembler ses pensées. Est-ce qu'elle était employée dans le café? Employée, non. Est-ce qu'elle y travaillait? Oui, elle y travaillait. Connaissait-elle la victime? Elle ne répond pas, elle ne comprend pas, parce qu'elle n'arrive pas à lier, dans son esprit, Igdir et l'idée de victime. Même maintenant qu'il est mort.

— *¿Víctima?* répète-t-elle, confuse.

— *Víctima*, insiste l'interprète, irritée.

Le jeune policier précise :

— Igdir Negezi, le propriétaire du café.

Oh, Igdir. Oui, oui, elle le connaissait. Était-elle intime de M. Negezi? À nouveau, elle ne répond pas. Il regarde sa collègue qui lève les sourcils en retour, quelque chose passe entre eux, et Reine pense : Et vous, intimes? Le jeune reporte son attention sur elle.

— Avez-vous été témoin de la mort de M. Negezi?

— *¿Fue testigo de la muerte del señor Negezi?* fait l'interprète à toute vitesse.

Elle hoche la tête.

— Connaissez-vous le meurtrier?

Elle retient sa respiration.

— Vous avez donné un prénom aux primo-intervenants. Vous avez dit : Michel.

Elle ne répond pas.

— Vous vous en souvenez?

Elle secoue la tête.

— Est-ce que quelque chose vous fait peur? Est-ce qu'on vous a menacée?

Peur? Elle sourit et relève la tête. Il la regarde, étonné par son expression. Est-ce que tu sais ce que c'est, toi, la peur? interrogent les yeux noirs. Est-ce que tu sais ce que c'est, l'abjecte terreur? T'es-tu déjà chié dessus, as-tu déjà senti la merde couler le long de tes jambes à la simple vue d'un homme?

Il a l'air jeune, l'air de n'avoir jamais souffert, même si Reine sait qu'on ne peut presque rien déduire d'un visage. Si on le pouvait, aurait-elle suivi Igdir?

— *Me siento muy mal*, dit-elle doucement.

— Elle se sent mal.

— Elle a besoin d'un médecin?

Elle hoche la tête avant que l'interprète traduise. Les flics soupirent, déçus. Ils discutent entre eux à mi-voix puis se lèvent et l'interprète les imite.

— Elle a une veste, un sac, quelque chose?

C'est la policière. Tout à la fois plus méfiante, et plus maternelle. Reine n'a rien, il fait si chaud. Elle les suit dans les couloirs, elle est beaucoup plus petite qu'eux, elle a l'habitude. Ils descendent des escaliers grillagés, elle reste raide pour ne croiser aucun regard. Elle a honte et cette honte, qui dure depuis plus longtemps qu'elle, la brûle de l'intérieur, la dévaste. Dans la cour, le jeune flic cherche une voiture à l'aide du bip de la clé et finit par la repérer, mais c'est la femme qui prend le volant. L'interprète monte à l'avant, le jeune flic à côté de Reine. Il lui attache sa ceinture ainsi qu'on le ferait à un enfant et remarque qu'elle se rétracte tout entière quand il approche de son corps. Ce n'est pas un simple mouvement de recul et ce n'est pas quelque chose qu'elle peut maîtriser, c'est toute sa chair, comme prise d'un frisson, qui se compresse. Ça lui fait perdre encore quelques centimètres d'épaisseur, ça permet que la main du flic ne la frôle même pas en enfonçant l'accroche dans la boucle de sécurité. Elle sait qu'il a pris conscience de sa terreur. Il échange encore un regard dans le rétroviseur avec sa collègue lorsqu'elle passe la marche arrière. L'interprète jacasse au sujet de la canicule, personne ne l'écoute, mais au moins ça meuble. À nouveau, malgré elle, Reine commence à dériver. Elle essaie de retenir les lambeaux de son âme qui se détachent comme des filaments de coton, mais bientôt elle abandonne et sa tête dodeline au rythme de la conduite rapide de la flic qui l'emmène quelque part, elle ne sait même pas où, comme un ballot de linge. Ses pensées forment un brouillard contre le plafond de l'habitacle, mais quand l'interprète entrouvre sa fenêtre, le vent chaud et sale les dissipe et Reine n'est plus là, plus du tout là.

Après quelques coups de téléphone, frigorifié par l'air conditionné, Léan s'est résigné à voir passer sous son nez la promotion qui l'extrairait du purgatoire du service web. Il se tient à nouveau devant Carbo.

— Y a un problème avec la conférence.

Il laisse tomber sur la table le compte rendu imprimé et regarde Carbo lire sans manifester de réaction. Il tente de lui ouvrir les yeux, prend un ton patient.

— C'est une attaque en règle contre Vendôme. Il vaudrait peut-être mieux que ce soit Xavier qui le fasse.

— C'est toi qui assignes les papiers, maintenant ?

Troublé, Léan essaie de se justifier :

— Mais tu as lu ? T'es sûr qu'on y va ? Le ministre se fait défoncer. Y a des passages entiers de ses auditions devant la CJ qui sont cités.

— C'est-à-dire ?

Léan n'arrive pas à croire cet homme, mais d'une certaine façon, il est un peu rassuré. Carbo s'obstine parce qu'il n'a pas compris l'ampleur du problème. D'un ton aussi neutre que possible, il précise :

— La Cour de justice de la République.

— Je sais ce que c'est, la CJ, Léan. Je te demande, où est le problème ?

Léan perd à nouveau confiance. Si Carbo mesure le degré exact d'emmerdes que risque d'attirer un tel papier, pourquoi persister à lui en confier la rédaction, à lui le routier du fait div ? Pourquoi pas à un journaliste expérimenté ?

— Le problème, c'est que ces procédures ne sont pas publiques, qu'elles vont écorner encore davantage l'image du garde des Sceaux, que je ne les ai jamais lues nulle part... Personne n'a rien sorti. Tu veux qu'on scoope avec ça, sur le web ? Je comprends pas le plan.

— Personne te le demande, note bien. Ce qu'on te demande, c'est un papier de trois feuillets sur cette conférence... Je croyais que tu avais de l'ambition, Léan.

Léan hésite, puis tourne les talons, perplexe.

— Il n'y a pas de plan ! ajoute Carbo dans son dos.

Carbo savait-il déjà ce qui s'est dit à Lyon ? se demande Léan en se rasseyant à son bureau. Le papier va faire du bruit, c'est certain. Il relit les notes qu'il a prises en interviewant les participants. L'excitation le prend. Il se met au travail.

L'après-midi s'achève quand, levant un regard rendu quasi aveugle par la concentration, il découvre, plantée devant lui, la silhouette de Carbo. Or Carbo, fervent partisan du moindre effort, ne se déplace jamais. C'est signe de son impatience. Il tient serré dans sa main un flacon d'Oxyboldine contre les brûlures d'estomac et dit seulement, préservant son énergie pour de plus nobles causes :

— Ce papier…

Léan tape ctrl + s et répond d'un ton aussi neutre que possible :

— Sur le desk.

Il a fait du bon boulot et il le sait. Carbo retourne à son bureau.

Léan va se faire un café à la machine et revient avec la tasse « Best Dad Ever » appartenant à un rédacteur parti en burn-out avant son arrivée, puis il rouvre son petit carnet et se replonge dans ses notes sur Champigny.

Marco avance au petit trot sur la route qui sinue en montée douce, bordée de portails dissimulés dans la végétation. Les univers se côtoient de près, les égouts jamais très loin des belles villas. Les habitations se densifient et il entre dans un village aux volets clos. Sur la place principale, un abribus de l'ancienne génération, comme une bulle de plastique, indique les horaires de passage. Un vieil homme y est assis dans l'ombre brûlante. Marco se penche sur les affichages et, avec un vertige, se rend compte qu'il ne sait pas quel jour on est. Sans le regarder, l'homme annonce :

— Le bus pour la gare est dans vingt-cinq minutes. Celui pour l'hôpital de Bry, c'est… Il regarde sa montre : … dans sept minutes, qu'ils disent. Ce sera le dernier.

Marco hoche la tête. Il y a de la place sur le banc à côté du vieux, mais il préfère rester debout. Il ne voudrait pas laisser de sang derrière lui. Les lèvres de sa plaie pulsent et brûlent, comme si elles criaient. La douleur remonte entre ses épaules. Le tissu de son jean rendu épais et lourd par le sang est désagréablement froid contre sa peau. Il jette un coup d'œil à sa main droite et se rend compte qu'elle est coupée elle aussi, en travers de la paume. Quand il a saisi la glissière, sans doute. Les muscles de ses épaules et de ses cuisses le lancent. Il a mal à la tête. Il n'y a personne d'autre dans les rues de ce foutu village que ce vieux qui le dévisage de sous sa casquette et qui se souviendra de lui. Marco travaille sa respiration, il n'a même pas besoin de compter bien loin, un deux trois, bientôt sa tension diminue, son cœur bat plus lentement, au rythme de l'inspiration, expiration. C'est couché sur le sable brûlant de Djibouti qu'il a appris cela, engourdi par la chaleur, la crosse métallique bien calée contre son épaule, l'œil ouvert sur le viseur, et dans le calme qui se faisait en lui, c'est une éternité qui naissait. L'immobilité descend, s'impose, l'apaise. Une seconde, une heure, un jour, ressemblent tous à un seul battement de cœur, sourd et têtu, à son oreille.

Le bruit du bus se fait entendre. Il apparaît au coin et vient se ranger contre le trottoir en cahotant. À gestes calmes, souples, tranquilles, Marco tire de son sac un billet de 20 euros, grimpe la marche.

— J'ai pas la monnaie, fait le chauffeur.

— Comment on fait alors, je paie pas ? demande Marco avec un léger sourire.

Il le fixe de ses yeux très clairs, fait le vide en lui, un étang sous la futaie, les gens appellent ça lac, il dit étang, comme son grand-père avant lui, ça convient mieux à l'eau alcaline, boueuse et douce. Le conducteur lui montre un panneau : « Préparez votre monnaie ». Marco attend encore, calme, passif, attentif à ne pas présenter aux passagers son dos trempé par le sang, attentif à sa blessure et à la migraine qui monte. Une femme qui tient sur ses genoux un sac à main de faux cuir élimé propose :

— Je peux peut-être vous aider, j'ai deux de 10, est-ce que ça irait ?

Et, après un moment, l'homme derrière le volant grommelle son accord avec mauvaise humeur et tout se remet en mouvement. Marco tend son billet à la femme, prend en échange les deux de 10, en passe un au chauffeur, qui laisse rouler la monnaie dans l'encoche de plastique noir prévue à cet effet, en précisant encore qu'il n'est pas tenu d'avoir la monnaie, il faut anticiper, etc. Quand Marco avance enfin vers le fond du bus, avec un hochement de tête à la femme – « Ah, on ne peut pas être toujours prêt à tout, hein », fait-elle gentiment –, il sent sur lui les yeux du vieux resté sur son banc. Il s'en serait douté, un petit vieux comme ça passe ses journées à observer les va-et-vient de ceux qui bougent encore. Il se souviendra de lui, c'est certain, le chauffeur se souviendra de lui, la femme se souviendra de lui. Marco se demande quand il a perdu le talent d'être invisible. Il sent encore, alors que le bus redémarre – il a demandé le terminus, le temps de réfléchir –, les regards qui s'attardent sur sa chemise noire déchirée, sur son jean sale, sur ses épaules de boxeur tendues par le stress. Il faudrait leur faire la peau, trancher ces gorges. Effacer le problème.

Il reste assis, parfaitement droit, son sac calé derrière lui pour ne pas tacher le siège. Le bus secoue pas mal. Les sifflements arthritiques de la suspension rythment les arrêts. Marco repense à ses poursuivants. La femme-araignée qui gère ce qu'elle appelle son « camping » l'a donc vendu, mais à qui ? Les yeux mi-clos, il laisse revenir en lui le souvenir des voix qui approchaient de la cabane. Il a bien reconnu du serbe, même s'il ne l'a pas parlé depuis longtemps. Il se concentre. « То је он, зграби га. » « C'est lui, chope-le. » Il revoit le sourire toujours moqueur de la femme-araignée, son visage de madone et son corps monstrueux, son immobilité d'affût. Il revoit les allées étroites du camp, bondées de misère. Qu'a-t-il raté ? Il repense aux petites gitanes en jupe longue qui le regardaient passer, à leurs cheveux blonds nattés, aux sourires cabossés qu'elles cachent derrière leurs mains, à la crasse sur leurs pieds, aux rires moqueurs avec lesquels elles lui ont demandé de l'argent, à tout hasard. La femme-araignée savait-elle déjà qu'il y a un contrat sur sa tête, ou l'a-t-elle supposé traqué en le voyant ressurgir du passé ? Il avait besoin d'une planque et de quelques heures de sommeil, mais il n'aurait pas dû lui faire confiance. Il y a vingt ans, quand il l'a connue, elle avait déjà cet abdomen rond et dur, ovale, comme si elle avait avalé un ballon, qui faisait du centre de son corps le cœur du monde. Au-dessus, les épaules sont voûtées par la scoliose, et les membres durs, minces et musclés, les bras aussi longs que les jambes. Sa tête est petite, étroite, d'un ovale parfait, avec son teint olivâtre, ses yeux luisants et ses canines pointues. Aujourd'hui, ses cheveux sont gris et ses membres plus maigres, mais ce sont les seules différences. La femme-araignée règne avec cruauté sur les plus malheureux qu'elle. Elle parle toutes les langues, mal mais vite et en argot, capable d'être successivement injurieuse et mielleuse dans chacune, oublieuse de leur grammaire, dictionnaire vivant d'expressions triviales et de jurons sexuels. Elle peut dire « Va te faire enculer avant que je te pèle les couilles dans le sens de la longueur » en syrien, en pachtoune ou en wolof, mais Marco ignore quelle est sa langue maternelle. Il est possible qu'elle n'en ait pas, qu'elle ait juste poussé là comme une mauvaise herbe sur le fumier du monde, profiteuse avisée et sans cœur, absorbant un à un les morceaux d'humanité poussés dans sa toile. Mais comment a-t-elle su si vite ? Vers qui peut-il se tourner si même elle…

Quelqu'un entrouvre la fenêtre haute du bus, le petit ploc d'une conserve l'arrache en sursaut à sa torpeur.

L'arrêt suivant affiche « Gare RER ». Quand Marco se lève, son corps pousse un cri silencieux. Son dos est à vif, la chemise cartonnée colle à sa peau, le sac bat sa hanche douloureuse – il ne sait plus comment il s'est fait mal là –, et dans son bras le ressac des coups de feu, six, pulse encore. Jamais il n'avait salopé un contrat comme ça, pense-t-il à nouveau, sans émotion. Mais encore, ce n'était pas un contrat.

Le parvis de la petite gare aligne sur un double rond-point un café, un coiffeur pour hommes et un magasin de téléphonie. Il n'y a pas grand monde, ce n'est pas une de ces cités populeuses de Seine-Saint-Denis où il se fondrait facilement dans la foule. L'avantage est que la police est invisible. Dans une boutique qui vend un peu de tout, il achète des gâteaux et une nouvelle casquette – il a perdu l'autre dans le bidonville, sans doute – puis va s'installer sur le quai du RER après avoir repéré les caméras. La visière protège son visage sous tous les angles, espère-t-il. Il ouvre l'enveloppe d'une madeleine aux œufs et la mange lentement, en attendant son train.

David conserve tous les clichés et vidéos des homicides sur lesquels il a travaillé, et même d'autres, transférés par des collègues, dans un dossier caché sur son smartphone. Les images de ces morts, il les regarde plus souvent encore que celles de sa dernière copine à la plage, celles de ses enfants au parc Astérix – moins de queue qu'à Disneyland – et même que les innombrables selfies de lui et ses potes de CrossFit, lui et ses potes de krav maga, lui et ses potes de marathon (sur tous, il a ce sourire qui attire les regards des filles, sur la plupart il est torse nu – il est particulièrement fier de son torse, lisse, épais, solide, sans parler des carrés de chocolat, six, étagés depuis ses hanches étroites, il est parfait, pourquoi jouer les modestes).

Léan, impatient, penché sur son épaule comme un héron malade, regarde les photos défiler. David a mis douze heures à lui répondre, il entend en tirer le maximum.

— Tiens, le voilà. Regarde.

D'abord, on voit la victime, Igdir Negezi, étendue en travers de la porte, les impacts de balle bien visibles sur son torse. Puis un petit montage en noir et blanc.

— C'est quoi ? interroge Léan en mettant sur pause pour mieux comprendre.

— Vidéosurveillance municipale, répond David, et il relance.

Une caméra filme la rue, mais elle est orientée de telle façon que l'intérieur du bar, éclairé aux néons, est en partie visible. On distingue la silhouette d'un homme aux cheveux bouclés longer le comptoir, puis disparaître vers le fond du café. Un éclair de lumière se fait, Léan prend conscience qu'il retenait sa respiration.

— Premier coup de feu, commente David. Apparemment ça l'a atteint dans le dos.

Après un instant à peine, la victime encore bien vivante apparaît, de face, courant, les traits figés dans un masque de terreur. Ses mouvements sont saccadés, on croirait un film muet, il y a quelque chose de risible dans sa course de pantin. Il tourne sur sa droite, et non vers la porte de son établissement.

— Qu'est-ce qu'il fout ? demande Léan au présent, comme si la scène était en train de se dérouler et que l'homme avait encore une chance de s'en tirer s'il prenait la bonne décision et virait de l'autre côté, vers la sortie.

David avale une gorgée de vodka – l'alcool le moins calorique – avant de répondre :

— Il y avait une petite pièce derrière le bar, avec des armes. Ras la gueule, un calibre 39, un fusil AK, une batte de base-ball, des tasers, la totale. On pense qu'il a essayé de l'atteindre.

Mais le tueur est à ses basques, il tire à nouveau, cette fois on le voit faire, bras tendu, et sa victime plonge derrière le bar. Le tueur sort du champ à son tour. Deux éclairs de lumière, nouveaux coups de feu.

— Mortel, hein ? fait David. Il y avait du sang partout, il a pataugé dedans, pieds nus à ce que j'ai pu voir.

La victime surgit. Elle a changé d'avis et essaie désormais de gagner la sortie.

— Il va le buter, lâche stupidement Léan.

— Affirmatif, acquiesce David en sifflant sa vodka.

Les deux hommes restent invisibles mais on voit encore deux éclairs lumineux.

— Il l'achève là où on l'a trouvé, en travers de la porte, décrypte David. Une balle dans la nuque.

Il ne se passe plus rien à l'écran. Prévenant l'impatience de Léan, David le retient :

— C'est pas fini. Il y a encore un truc intéressant.

— Il fait quoi ? Il est où ?

— Dans le fond du bar. Attends.

Le tueur se montre. Il marche calmement. Il revient sur ses pas, sort de l'image. Moins d'une minute après, il est de retour, un sac à l'épaule, une casquette sur la tête.

David se redresse.

— Voilà, c'est tout. Dans la rue, il a évité les caméras de vidéosurveillance en vrai pro – sauf celle-là, dont l'angle était mauvais, en fait. À la suite du gros orage de la semaine dernière, le pivot a bougé et depuis, au lieu de filmer la place, elle était braquée sur la façade du café. Il pouvait pas le savoir. Ensuite pschitt (il claque des doigts). Y a que la place de la Mairie qui soit filmée, pour le reste des rues, apparemment, la municipalité est endettée auprès de la société de vidéosurveillance, donc les caméras sont pas branchées. On sait pas par où il est parti.

Rêveur, il ajoute :

— Pour sortir, il a dû enjamber le corps.

— Qui a donné l'alerte ?

— Une patrouille de bleus passait par hasard, ils ont entendu les coups de feu et sont intervenus tout de suite, mais ils savaient pas trop quoi faire. Il leur est passé sous le nez. Et puis, dans le café, il y avait une femme, la femme de ménage ou un truc comme ça. Elle a attendu que tout soit calme, puis elle est sortie en hurlant. Pas mal de temps après. C'est tout ce que je sais. Je vais pisser, déclare David qui a fini sa vodka.

C'est typiquement un bar de flics, pense Léan en regardant autour de lui le velours bleu et rouge, les tabourets trop bas, les néons, les serveuses en noir, jambes nerveuses dans leurs baskets, cheveux tirés en queue-de-cheval qui leur allonge les yeux. De flics et de provinciaux, ce qui est souvent la même chose. Il ne sait pas d'où vient David, il faudrait qu'il le lui demande. De toute façon, c'est un coucou, il pond où il se trouve, en opportuniste, rumine Léan. Il tire son téléphone et vérifie ses réseaux sociaux. Il a suivi toute la journée les articles de la fille du *Parisien*, qui est restée sur place et a fait inlassablement un micro-trottoir pas fascinant. Il craint toutefois qu'elle ne finisse par aboutir à quelque chose. Il consulte son fil Twitter, et constate un début d'ébullition. Son papier sur le garde des Sceaux est en train de provoquer un genre de feu de savane en ligne, au démarrage lent, mais à la puissance potentiellement dévastatrice. Modestement titré « Des avocats en conférence », publié à 17 h 22 dans une relative indifférence, retitré « Les avocats tirent à boulets rouges » à 18 h 02 par une main anonyme – Carbo –, il a déjà été retweeté trois cent cinquante-quatre fois et les commentaires vont crescendo.

David est de retour, Léan range son téléphone.

— Alors, c'est quoi l'histoire ?

— T'as vu toi-même. C'est pas tout à fait aussi fort que le tueur du RER. Je te l'ai montrée, celle-là ?

Il commence à scroller, mais Léan l'arrête.

— Il arrive d'où, au début ? T'as vu les lieux, non ?

— D'un escalier qui conduit à une chambre au-dessus du bar.

— Pourquoi tu trouves la fin intéressante ?

— Eh bien, on dirait qu'il était tout prêt à décaler.

— À peine une minute pour préparer un sac, approuve Léan. Et l'air calme.

— Exact.

— Ça veut dire quoi ? Ça ne semble pas non plus prémédité, si ? C'est un peu… désordonné.

— J'en sais rien. Tu sais que je suis pas sur la procédure. Nous, c'est l'intervention.

— On t'a rien dit ? La Crime vous siffle, vous débarquez et on vous tient pas au courant ?

— Personne nous siffle et certainement pas la Crime.

Léan laisse passer un temps, espérant.

— Mais je sais que c'est gros, termine David.

Léan soupire, rassuré, David va raconter. Il recommande une bière et une vodka, son petit cœur saignant à la pensée des notes de frais auxquelles il n'a pas droit, donc, et de son compte bancaire qui n'est pas loin du rouge, ce qu'il déteste. On ne passe pas son enfance à regarder ses parents compter leurs sous pour les dilapider sans souffrance en vodkas pots-de-vin.

Ils trinquent.

— Gros pour plusieurs raisons : y a une proximité avec la mairie, et pas que géographique. Apparemment, le proprio était associé au fils du maire dans une salle de sport. Il était pas blanc-blanc, d'ailleurs, ce Negezi, il allait être jugé à la rentrée dans le procès pour l'évasion de Mancouri, tu vois cette histoire ?

Léan voit très bien, l'évasion du braqueur il y a quelques années avait fait grand bruit.

— Mais surtout, y a un truc bizarre sur l'auteur.

— Il est identifié ?

Il creusera le reste plus tard.

— Pas encore, mon ami, mais ça va pas tarder. On a un gros plan de sa tronche, de l'ADN partout, des empreintes…

— Qu'est-ce qui est bizarre, alors ? Ça matche avec rien, son ADN ?

— Patience, patience. L'ADN matche sur un homicide non élucidé de 2004.

Léan aimerait tirer son carnet de sa poche, mais il craint que ça ne coupe David.

— Les empreintes, elles, sont celles de l'assassin d'un certain M. Gentellini, en Corse du Sud, 1989. Notre ami a été jugé par contumace et condamné à vingt ans de détention, il s'appellerait Marco Leccia.

— Et les deux affaires n'ont jamais été rapprochées ?

— Nope. On n'a pas d'ADN sur le meurtre de 89, ils ont mal conservé les scellés. Et pas d'empreintes en 2004. Un dossier de gendarmes, ajoute

David avec mépris, comme si c'était une explication en soi.

Léan sent un petit titillement intérieur. Il en était sûr depuis le début, même s'il serait bien en peine de dire pourquoi : c'est une bonne histoire. Aussitôt, il s'inquiète.

— C'est sorti tout ça ?

Catégorique, David secoue la tête.

— Non, mais connaissant nos tauliers qu'aiment rien tant que faire les beaux devant les journaleux – et qu'est-ce que tu fais, toi ? se demande Léan en se gardant bien de moufter –, ça tardera pas.

Léan parvient à arracher à David la promesse qu'il se renseignera – s'il a le temps – sur la suite de la procédure avant de rentrer chez lui.

Après le départ de Léan, David reste seul au bar, il commande une vodka, la dernière, après il part, juré. Il se tient un peu voûté, ses cuisses musclées éclatent presque le tissu de son jean. Entre ses mains réunies formant un berceau, il tient son portable allumé et regarde, encore une fois, le patron du petit bar mourir sur son écran. Ça lui fait toujours la même palpitation étrange dans le bas-ventre. Il prend conscience d'une présence à côté de lui, lève la tête, c'est une femme assez jolie dans la lumière tamisée, ou par la grâce de l'alcool qui lui embrume le cerveau. Elle semble lui sourire. Peut-être encore un verre, finalement ? Il range son téléphone et s'accoude, son sourire *ultra white* machinalement réapparu. Il terminera la vidéo en rentrant.

C'est un petit hôtel de passe près de la gare du Nord – Marco entend de l'autre côté de la cloison les ébats d'une prostituée et de son client – qui constitue à la fois une bonne planque (en échange d'un supplément, on ne lui a pas demandé ses papiers) et un endroit où la police doit descendre régulièrement. Il ne restera pas longtemps, mais il faut qu'il se retape. Il défait sa chemise et la détache de la plaie où le sang l'a collée. Il entre précautionneusement sous la douche. L'eau bouillonne rouge à ses pieds, il met un moment à se souvenir que c'est le sang d'Igdir, dans lequel il a pataugé pieds nus, qui s'en va par la bonde. Dans quel état il s'est mis... Il secoue la tête comme un chien s'ébroue, détestant l'idée qu'il n'était pas lui-même.

Il revoit cet enculé d'Igdir se cabrer en arrière après la première balle puis se mettre à courir vers lui, les yeux exorbités. On décelait le blanc tout autour de la pupille, ça lui donnait le regard d'un fou. Il a profité d'une infime hésitation de Marco pour charger, sa tête ronde et lisse, rasée deux fois par jour par les mains de Reine, luisante comme une boule de billard, précipitée sur lui à la façon d'un bélier. Marco a fait un pas de côté, plié les genoux et s'est courbé pour accueillir la charge, quatre-vingt-douze kilos de muscles travaillés à la salle. Un instant, ça a été comme une danse, leurs deux corps emboîtés, le bras noueux de Marco enroulé sur l'épaule luisante, puis Marco a été propulsé contre le comptoir. Il a asséné, à l'arrière du crâne d'Igdir, un coup violent de la crosse, leurs corps se sont séparés, l'un a continué sa course, un flot de sang relâché par l'ouverture à l'arrière de sa tête jaillissant comme un petit geyser. Marco a compris : il tentait d'atteindre sa pièce derrière le bar. Son T-shirt était déjà imbibé du sang de la première blessure. La balle avait traversé son flanc et était ressortie côté face. Viande. Boucherie. Enculé, a pensé Marco avec une colère froide devant celui qui ne voulait pas mourir. Sa deuxième balle a seulement éraflé l'épaule d'Igdir qui plongeait derrière le comptoir. Marco s'est précipité à sa poursuite, a dérapé dans le sang, il a presque perdu l'équilibre, s'est rattrapé d'un coude et a tiré à nouveau, deux fois, sur l'homme qui espérait encore atteindre la petite pièce sécurisée, celle où son système de vidéosurveillance est installé, où il cache son fric, sa dope, et surtout ses armes. À un mètre de son refuge, il se croyait si près d'être sauvé qu'il refusait encore de mourir. Marco l'a soulevé par une épaule, il était lourd, il l'a remis debout. L'autre a tenté de se dégager. Il lui restait de la force encore. Il s'est mis à pleurer, il a dit quelque chose comme « Je t'en prie, pourquoi tu fais ça ? Ils te buteront ». Sur le moment, Marco n'a pas prêté attention à ces mots. Igdir, qui se tenait maintenant dos à la petite pièce, semblait l'avoir oubliée et s'est concentré sur ce qu'il voyait devant lui, la porte du bar, la liberté, la nuit enveloppante, et moite, urbaine, dense, de l'autre côté des vitres. Le salut. D'un bras un peu las, il a écarté Marco qui lui barrait le chemin et il a commencé à marcher, tanguant comme un ours de foire. Marco l'a laissé faire, espérant qu'il tomberait, il avait déjà fait assez de bruit comme ça. C'est à ce moment qu'il a entendu, dans un coin de sa tête, les sirènes qui approchaient. Igdir n'est pas tombé. Alors, au moment où il atteignait la porte, où l'on distinguait sur le velours de la nuit le reflet de son sourire plein d'espoir, Marco lui a tiré dans le crâne et, pour plus de sûreté, il lui en a mis une dernière, dans la nuque. Le cadavre a tressauté. Marco s'est redressé, tâchant de juguler le flux de colère qui l'étranglait.

Reine n'avait pas bougé, peut-être n'avait-elle même pas respiré. Elle se tenait toujours dans le renfoncement, sous la télé murale, entre un pilier de stuc et les tables hautes qui servent aux habitués à remplir leurs grilles, dans la cape noire de ses cheveux, ses mains de travailleuse serrées sur le manche du balai, ses yeux noirs insondables. Elle le regardait. Il ne sut pas lire dans ce regard.

Il a porté à son front la main qui tenait encore l'arme chaude, il s'est demandé si elle avait peur de lui. Les sirènes étaient tout proches. Il a baissé son bras. Il est venu vers elle. Il a encore marché dans le sang collant, épais. Elle l'a regardé approcher, sa bouche s'est ouverte légèrement et sa respiration accélérée. Elle était en état de choc. Sa peau mate avait pâli, prenant la teinte du mastic. Il a tendu la main, l'a posée sur son épaule, a senti sa clavicule étroite. Il est beaucoup plus grand qu'elle, de presque trente centimètres, elle a dû lever les yeux pour regarder son visage. Son pouce reposait sur sa carotide, il en percevait la pulsation rapide, anormale. Il lui a soufflé « chhhut », tout doucement. Reine a dégluti. Les sirènes étaient tout proches. Il l'a lâchée, il a fait demi-tour et n'a pas vu qu'elle faisait un geste flou, tremblant, comme pour le rappeler.

Marco se demande où elle est, maintenant.

En rentrant, Léan consacre quelques heures à des recherches sur Igdir Negezi, ses affaires avec le fils du maire, et son implication dans l'évasion de Bilal Mancouri. Pas grand-chose apparemment, il aurait fourni des téléphones prépayés à l'équipe qui a attaqué la prison. Assez toutefois pour avoir des ennuis, et une réputation. Après quelques difficultés, Léan trouve l'adresse de la salle de sport ouverte par le fils du maire. Baptisée LaSalle, elle est située à l'arrière d'un centre commercial. Le site internet vante ses équipements ultramodernes, ses coaches qui peuvent vous accompagner dans la reconquête de votre corps, « quel que soit votre objectifs » (avec un s), tandis que défilent des photos de banque d'images montrant des corps d'athlètes ayant développé des muscles dont Léan ignorait l'existence. La page contact renvoie à un mail, contact@lasalle.com. Il envoie un message pour demander un rendez-vous, se présentant comme journaliste. Puis il achète un Kbis en ligne, tapant rapidement les chiffres de sa carte bleue qu'il connaît par cœur, à force de dépenses inconsidérées. Deux associés : une femme et le fils du maire, dont il reconnaît le patronyme. Igdir Negezi n'apparaît pas. Il tape le nom de la femme et ne la trouve nulle part. Elle n'a pas de Facebook, pas de compte Twitter ni Instagram. C'est rare, intrigant. Il déniche une mention sur le site Copains d'avant, avec des photos de CM1 et CM2 et le nom d'un bled dans l'Oise à la fin des années 1990, sur lesquelles quelqu'un l'a taguée. Il tape le nom du village, fait défiler des photos quelconques d'enfants souriants, ne trouve rien d'intéressant. Puis il lit les articles consacrés au fils du maire, Aurélien Langer, un jeune sportif retraité de l'équipe de France de handball qui a fait autant de publicité que possible pour son lieu et qui a participé récemment à quelques tournois de jiu-jitsu brésilien. Il commande aussi le Kbis du café d'Igdir et découvre qu'il est au nom de la mère de ce dernier. Léan commence à penser qu'il devait être interdit de gestion d'entreprise. Il achète les comptes annuels (pas publiés depuis deux ans) et range tous les reçus dans une pochette qui contient déjà beaucoup d'autres frais qu'on ne lui remboursera pas. Léan repense à David, ce taré qui regarde en boucle des vidéos de meurtre… On ne leur fait pas passer de tests psy dans la police ? Et dire que ça se balade armé. Dans la foulée, il retrouve le nom d'un ancien membre du cabinet du maire qu'il avait interviewé dans une affaire de chantage politique à la sextape. L'affaire avait fait un peu de bruit avant de tomber dans l'oubli, et l'enquête pénale avait été classée sans suite. Il exhume son papier dans les archives en ligne du Journal et le relit. Ce n'est pas franchement positif, mais pas une attaque en règle non plus, le type ne devrait pas lui être hostile. En tout cas, ça se tente. Hésitant à lui envoyer un mail, il décide finalement qu'il vaut mieux le cueillir par surprise, sans que l'autre connaisse la raison de son appel.

Il se sent fatigué, alourdi par la bière. La pluie qui commence à tomber crépite sur le toit de zinc brûlant. Il s'allonge, son ordinateur sur le ventre, et se connecte à la caméra de la plage nord de Nazaré. À cette heure, on ne distingue que le faisceau régulier du phare balayant les vagues noires. Il consulte les statistiques et les données des balises, la force des vents. Pas mal. Il pose l'ordinateur ouvert à côté de son visage, se tourne sur le côté et tente de discerner dans l'obscurité l'écume du mur d'eau qui casse à quelques mètres de la plage. Aux oreilles lui reviennent le bruit du ressac, le vent, le fracas du break provoqué par le haut-fond, l'eau qui éclate sur les rochers mortels. Il croit sentir les embruns, l'odeur du sable mouillé, dur, brun. Mélie est allongée sur la plage en croissant, ses cheveux répandus en soleil autour de son visage pâle, sourcils froncés, sa combinaison baissée jusqu'à la taille. Il ferme les yeux, il n'a plus envie de repousser l'image de Mélie, le goût de ses lèvres, l'odeur de sa peau, les frissons étranges qui la saisissaient parfois quand elle était dans ses bras. Elle est de chaque jour de son enfance, de chaque heure de son adolescence. La supprimer, c'est renoncer à la moitié de sa vie, peut-être davantage.

Il est passé la chercher en bas de chez elle, la nuit est totale, elle se laisse glisser par la fenêtre, tombe comme un chat de gouttière sur les graviers ratissés et se relève en souriant, elle lui passe sa planche qu'elle a préparée la veille et grimpe derrière lui, debout sur les repose-pieds qu'il a fixés pour elle au moyeu arrière, et elle serre bien fort ses épaules. Elle se penche en avant comme il pédale pour sortir du village et accompagne ses mouvements. Il tient le guidon d'une main, le surf de Mélie passé sous l'autre bras, et il sent dans son dos le poids léger de son corps contre lui. Ils prennent les virages serrés, il sent qu'elle sourit à l'obscurité, le cœur battant dans la nuit, en regardant pâlir les étoiles. Les odeurs les enivrent, des vaches dérangées meuglent et s'ébrouent, ils filent comme le vent, la campagne tout autour est en train de fleurir et il pédale de toutes ses forces. Dans le dernier détour, avant que la route s'élève vers les falaises, Tiago et les autres les attendent.

Ils empruntent le chemin côtier et poursuivent vers la plage. Les vagues sont nettes, parfaites. Mélie sourit, il distingue ses dents blanches dans son visage bronzé, puis ils courent tous ensemble dans la mer qui est glaciale. Ils ne tiendront pas une heure. Ils se couchent sur les planches et rament fort, plongeant les bras dans le courant. Leurs épaules tirent tandis qu'ils avancent vers le large. Ils passent le line-up alors que le soleil se lève. Mélie est à sa droite, Tiago quelque part à gauche, invisible, sa fiancée et son ami. La journée commence, pure, parfaite, bienheureuse.

Léan se réveille, la respiration coupée, s'arrachant à un mauvais rêve dont il ne se souvient déjà plus, le cœur battant. Son visage est mouillé.

Mélie avait les yeux si noirs qu'il était difficile de distinguer la limite de sa pupille. Elle se rongeait les ongles. Ses doigts étaient longs, ses pieds osseux et elle en avait un peu honte. Elle sentait l'orange amère. Sa mâchoire était une arête vive. Son rire était brusque. Elle est morte à vingt-trois ans, alors qu'elle était montée à l'arrière de la moto de Tiago, sans casque. Il n'en portait pas non plus, mais lui a été maintenu au sol sous la calandre qui raclait le goudron de la route et il n'y a perdu que la peau, tandis qu'elle était éjectée et parcourait un parfait arc de cercle avant de s'écraser et de se rompre le cou sur un talus planté d'ajoncs. Il y a maintenant une petite plaque portant son nom, et quelqu'un y renouvelle régulièrement les bouquets. Léan se demande, comme il se l'est demandé tant de fois déjà, si elle s'est sentie mourir. A-t-elle eu peur, Mélie ? A-t-elle souffert ? A-t-elle crié ? Il paraît que Tiago a essayé plusieurs fois de débrancher les tuyaux qui le maintenaient en vie, après, mais ça n'émeut pas Léan.

Tiago était en soins intensifs le jour de l'enterrement, il n'a pas vu le père de Mélie étreindre le cercueil.

Quand il est sorti de l'hôpital, Tiago a appelé Léan des centaines de fois, il a laissé des messages que Léan n'a jamais écoutés. Ça a duré des mois. Puis il s'est mis à envoyer chaque année à la même date un message, vide. Auquel Léan ne répond pas.

L'aube paraît au vasistas, le fantôme de Mélie s'évapore. Léan a une vague gueule de bois, peut-être parce qu'il n'a pas mangé ? Il se lève et attrape la boîte de Chocapic sur l'étagère au-dessus de l'évier, côté cuisine, et les avale par poignées en regardant les toits à l'infini. C'est presque beau parfois. Presque.

Il rebranche son portable et entre dans la douche, côté salle de bains. L'eau est glacée, il a oublié de rallumer le chauffe-eau la veille, mais le jet froid le réveille, il se met à chanter, des vocalises à voix grave, « hahahahaha, hohohohoho, hihihihihi », et comme finalement il n'a même pas trente ans, le bonheur lui revient, juste comme ça, parce que l'eau est fraîche et que l'aube est belle.

Une convulsion la réveille, soulève son corps par son milieu et la projette en avant. Son front heurte ses genoux, elle ouvre des yeux effarés sur une pièce inconnue, des odeurs nouvelles frappent ses narines, un haut-le-cœur la précipite hors de son lit mais elle n'a pas le temps de faire trois pas qu'un jet de bile la traverse et retombe à ses pieds. Ses tempes sont moites, son cœur bat à tout rompre, elle appuie ses mains sur ses genoux et tente de reprendre sa respiration. Lentement, elle se redresse et regarde autour d'elle dans le noir, la petite pièce dans laquelle elle est seule, elle le sent. Au mur, un signe vert lumineux indique « Exit ». Elle tâtonne, trouve un interrupteur et allume la lumière. Une pièce, deux lits superposés, elle dormait sur celui du bas, en bois éraflé, une commode en contreplaqué blanc, une affiche punaisée sur le mur représentant un paysage de montagne, ses vêtements de la veille posés sur une chaise à côté d'une porte, c'est tout. À droite dans le couloir, elle trouve une salle de bains, trempe une serviette dans l'eau chaude et revient frotter la bile sur le carré de moquette dure, puis lave la serviette avec un morceau de savon trouvé sur le bord de la baignoire, la rince, l'essore et la met à sécher. Seulement alors, elle lève les yeux sur le miroir et fait face à son reflet, à ses yeux épouvantés, à la pommette tuméfiée, à la lèvre gonflée, aux cheveux qui pendent tristement, gras, autour de son visage qui a perdu sa beauté, pense-t-elle avec fatalisme et presque indifférence, déjà, si vite. Elle a été belle pourtant, elle s'en souvient.

Elle écoute, alentour, les bruits de la Maison des femmes des Yvelines. Derrière chaque porte, il y a une femme endormie, parfois accompagnée d'enfants. Des femmes battues. Des enfants agités. Un gardien de nuit surveille l'entrée, lui a-t-on dit. Au bruit des canalisations et au son des pneus sur le bitume mouillé, elle devine qu'il a plu, mais il fait toujours chaud. Reine s'assied sur les toilettes, pisse machinalement en regardant ses cuisses marbrées d'hématomes jaunes, rouges, bruns, violets et presque noirs, verdâtres, et de cicatrices blanches et roses sur sa peau brune. Son ventre gargouille, elle n'a pas mangé depuis longtemps. Elle regrette d'être réveillée. Le sommeil, ce grand néant. Elle tire la chasse, se relave les mains, se regarde une dernière fois, sans passion. Dans le couloir, un gémissement d'enfant, une voix endormie qui fait chut. Elle s'allonge. Les draps sont rêches et pelucheux d'avoir été tant de fois lavés, mais réconfortants sur sa peau. Elle regarde les lattes du lit du dessus, le papier peint de losanges imbriqués en relief, elle regarde le noir autour d'elle éclairé seulement du néon « Exit », et elle sait qu'elle ne dormira plus. Alors, dans le silence, elle s'autorise à penser.

La police va revenir, ils le lui ont dit. Elle pourrait s'enfuir, mais elle ne saurait pas où aller. Elle décide d'attendre et de voir venir. Une fois cette décision prise, elle déverrouille ses souvenirs et laisse apparaître le visage de Michel. Les traits sont un peu flous, elle n'arrive pas à faire le point sur tout son visage, mais elle peut voir nettement l'œil très clair sous les sourcils broussailleux. Avant de le rencontrer, elle n'avait jamais vu des yeux aussi lumineux, transparents comme un filet d'eau sous le ciel. Ils sont étroits, une simple fente, un peu rapprochés, des sourcils très noirs les ombrent. Elle se souvient de la première fois. Il s'était penché et lui avait tendu la main pour l'aider à se relever – je suis tombée, j'ai trébuché, j'ai perdu l'équilibre. Elle avait accepté – elle ralentit et fait le point sur sa paume large, hallucinant mirage devant elle, tendue, ouverte. Offerte. Sa main à elle qui s'y pose. Si petite. Il l'avait remise debout et c'est alors, au moment où elle se redressait, qu'elle avait rencontré ses yeux posés sur elle avec attention. Un choc. Une fraîcheur.

Un bruit dans le couloir la ramène au présent. Une cavalcade, des éclats de voix, c'est déjà le matin, des enfants font du raffut. Elle se verrouille à nouveau, fait disparaître Michel quelque part dans un pli de son âme épuisée, puis se tourne face au mur, présentant son dos obstiné et silencieux à la porte, et elle reste sans bouger, fixant le papier peint, jusqu'à ce qu'on vienne la tirer de son lit.

Le petit déjeuner à la Maison des femmes se déroule dans un désordre triste et résolu. Les enfants sont impossibles à calmer, bien qu'une médiatrice ait installé sur une table basse des feuilles et des crayons de couleur. Des femmes sont attablées devant leur plateau. Il flotte dans l'air un remugle de réfectoire, de café réchauffé, de confiture chimique, réconfortante odeur collective. Certaines parlent à mi-voix, d'autres sont silencieuses, abattues, ou hostiles. Une femme porte son bébé saucissonné dans un tissu serré contre son dos, Reine regarde la petite tête ronde parfaite et joufflue, les billes d'or aux oreilles minuscules. Des bénévoles de l'association circulent, calmes, encourageantes. L'une s'est assise à côté d'une pensionnaire qui essuie régulièrement, d'un geste rageur, les larmes qu'elle n'arrive pas à retenir. Mais il y a aussi deux quasi-adolescentes un peu plus loin, qui discutent en gloussant. Elles sont une vingtaine en tout, sans compter les enfants.

Reine mange une boule de pain un peu sec, trempant chaque bouchée dans son café pour le ramollir. Elle doit avoir une dent fêlée, car elle a du mal à mâcher. La veille à l'hôpital où les policiers l'ont emmenée et où on l'a examinée, il lui semble qu'on lui a dit qu'elle devrait voir un dentiste, mais elle avait du mal à écouter. On l'a informée aussi que sa tension était très basse.

— Elle a dit qu'elle se sentait très mal, insistait le jeune flic.

Mais le médecin avait l'air excédé.

— Eh bien, elle a apparemment été passée à tabac, elle a des hématomes sur tout le corps, des fractures probablement mal ressoudées, des traces de brûlures sur tous les membres, et une tension à 9, qui provoque une sensation de vertige et de perte d'équilibre. Mais son état n'est pas incompatible avec la garde à vue.

Le flic a dévisagé le médecin, incrédule.

— Elle n'est pas en GAV, c'est un témoin dans une affaire de la Crime.

— Oh, a fait le médecin, du ton de celui qui s'en fout complètement.

— Les hématomes sont récents ? a encore voulu savoir le flic.

Pendant ce temps, Reine, rhabillée, regardait passer les gens dans le couloir.

— Faites votre choix. Il y a de tout, des traces récentes sur le visage et sur les bras, d'autres plus anciennes, sur les cuisses, dans le dos. Quant aux fractures, on n'a fait qu'une radio de l'avant-bras parce qu'il était douloureux à la palpation, et rien que là, il y en a qui datent de l'enfance, d'autres plus récentes. Je parie que c'est comme ça sur tous les membres. Mais la douleur actuelle est plutôt due à une entorse.

Pendant que le médecin parlait, le jeune flic la fixait et Reine voyait défiler gêne, questions, incompréhension et pitié dans ses yeux. Elle n'a pas détourné la tête, elle a attendu qu'il le fasse, lui.

— Pour la tension, je vais lui injecter un corticoïde un peu costaud, et puis il faut qu'elle mange, qu'elle dorme. Ça va passer.

— J'ai besoin que vous me mettiez ça par écrit.

— L'ordonnance ?

— Le descriptif des blessures.

— Vous plaisantez ? Vous avez vu la salle d'attente ?

Ils sont sortis en s'engueulant et Reine ignore si cela a été fait. De l'hôpital, ils sont venus directement à la Maison des femmes. Une éducatrice l'a conduite dans cette chambre où elle a sombré.

Reine propose son aide à la fin du repas, on lui tend un balai qu'elle prend en masquant son trouble. Les images lui reviennent en mitraille. Le visage d'Igdir déformé par la colère, celui de

Michel derrière, sans expression, ses yeux clairs un peu trop fixes, les coups de feu. Qu'a-t-il fait ? Il avait promis qu'ils partiraient ensemble. Elle balaie en réprimant sa nausée, se concentre sur le lino bleu. Là-bas aussi c'était des carrés de lino, mais jaunes. Elle balaie. Là-bas c'était des cendres et des tickets de tiercé, ici seulement des miettes et des cheveux de femmes, les longs des fausses tresses, quelques-uns beiges et ternes, plus courts, un jouet d'enfant aussi, qu'elle ramasse et pose sur une table encore brillante de l'éponge qu'on y a passée. L'odeur tiède du petit déjeuner est remplacée par celle, industrielle, du nettoyant à l'ammoniaque. Malgré la fenêtre ouverte, l'air reste immobile, la journée sera bientôt brûlante.

Quand elle a fini, Reine s'accroupit pour ramasser les déchets dans sa pelle avant d'aller la vider dans la corbeille. À cet instant, la sonnette de la porte retentit, l'éducatrice va ouvrir et une vague brutale de découragement frappe Reine quand elle reconnaît les deux policiers.

Bien que personne n'ait répondu à ses messages depuis la veille et que le nom d'Igdir Negezi n'apparaisse pas sur les documents officiels, Léan a décidé de tenter sa chance en direct, il verra bien. Dans le RER pour Champigny, il relit ses notes. Le propriétaire d'un bar, associé avec le fils du maire dans une salle de sport, héberge un certain Marco Leccia, meurtrier en fuite depuis 1989, qui finit par l'exécuter comme un cochon, devant témoin. Cette histoire ne ressemble à rien.

La salle de sport est propre, les télés moulinent BFM et CNews – un bandeau, en bas de l'image, annonce une interview prochaine du garde des Sceaux. Léan prend un pass à la journée, court trente minutes sur une machine, enchaîne avec un peu de rameur, puis reconnaît enfin la silhouette du fils du maire qui arrive, cube de muscles posé sur de longues jambes arquées. Il approche de l'accueil. Derrière, il aperçoit un bureau dans lequel l'homme est entré. La jeune femme qui lui a vendu son pass l'interroge :

— Alors ? Vous êtes content de votre séance ? Vous voulez qu'on s'occupe ensemble de l'inscription? Vous pouvez aussi parler à un coach pour votre première consultation gratuite.

— C'est vous, le coach?

Une ombre passe dans le regard de la fille qui croit visiblement qu'il la drague et se referme comme une huître.

— Non, c'est un collègue.

Léan tente sa chance.

— Oui, je veux bien voir le coach.

Dans quelle école de journalisme tu as vu ça? hurlerait Carbo. On sort d'abord sa carte de presse! Pour une histoire de merde, en plus.

La fille va chercher quelqu'un puis revient au bureau d'accueil.

— Vous pouvez aller l'attendre à la table là-bas, il se dépêche à vous rejoindre.

À vous rejoindre? Curieuse tournure, se dit Léan en allant s'asseoir, priant pour que le coach soit le fils du maire. Pour la première fois depuis longtemps, lui semble-t-il, il est exaucé : le jeune homme a une tête blonde et souriante, plantée sur de solides épaules, un menton carré, une fossette, même, un regard piscine et des mains immenses. Ils se les serrent, d'ailleurs, puis il s'assied et commence, avec le tutoiement gymnique de rigueur.

— Aurélien. Alors, Léan, tu as un projet sportif et tu veux qu'on en parle?

Léan hésite, mais c'est la seule solution, on n'est pas à la télé.

— En fait, je suis journaliste et je fais un papier sur l'assassinat de votre associé.

— Oh, j'avais mal compris.

Le jeune homme s'est rembruni. Il s'apprête à se lever, jetant un coup d'œil agacé en direction de l'accueil.

— Je ne donne pas d'interview, précise-t-il avec raideur.

— Juste cinq minutes de votre temps, pour comprendre.

— On n'était pas associés, ce monsieur n'était pas actionnaire de la société.

— Alors pourquoi on m'a dit ça ?

— Parce que les gens disent que de la merde ?

Aurélien est déjà debout.

— OK, mais expliquez-moi, qu'on rétablisse ça ensemble. J'écrirai la vraie version.

Grossier, lancent les yeux turquoise. Tu me prends pour un con ?

— C'est la seule manière. Si vous n'expliquez pas ce qui vous liait à la victime, ça va sortir et ça risque de pas être bon pour votre business. Moi, si je sors un article, ça peut faire beaucoup beaucoup de clics. On est l'organe le plus repris en police-justice. Ça veut dire que ma version essaimera. Vous pouvez me parler en off ou pas, mais c'est l'occasion de dire la vérité.

Le jeune homme tient le dossier de sa chaise et reste planté là. Léan sent son hésitation.

— Ce qui m'intéresse, c'est la vérité.

Ouh, les grands mots, soûperbe, persifle sa voix intérieure, Tiago. *La vé-ri-té ? Rien que ça ?* Mais Aurélien hésite, se rassied. Va te faire foutre, Tiago, pense Léan.

— Pose ta question, alors. J'ai pas toute la journée.

— J'ai bien vu que vous n'étiez pas officiellement associés. Est-ce qu'il avait quand même investi de l'argent dans la structure ?

— Ouais, un peu, au démarrage. Igdir avait pris un prête-nom parce qu'il avait des emmerdes avec le fisc.

Léan consulte ses notes :

— Marielle...

— Dessemble. C'était son ex.

— Et c'est votre associée, donc ?

— Oui. Elle est *sleeping partner*, quoi. Il était supposé reprendre ses parts et faire valider l'acte au prochain conseil d'administration.

— Elle était d'accord, Marielle ?

— Je ne l'ai jamais vue. Enfin, une fois seulement, quand on a signé. Ils habitaient ensemble, à l'époque. Depuis, elle a déménagé.

— Mais pour tous les documents, les conseils d'administration, etc., comment ça marchait ?

— C'est lui qui s'en chargeait.

— C'est légal, ça ?

— Il lui faisait tout signer et pour l'instant, on se reverse pas de bénéfices, donc je me suis dit que c'était pas grave. Moi, j'ai un salaire, mais on réinvestit les bénéfices. Ça coûte cher, une salle.

— Il voulait pas de retour sur son investissement ?

Quelque chose lui dit qu'Igdir Negezi n'avait pas l'âme d'un philanthrope.

— Si. C'était un bon connard, si je peux me permettre. J'essayais de le rembourser pour qu'il me lâche, je lui avais fait quelques versements.

— Comment faire pour la trouver, cette Marielle ?

— Aucune idée.

— OK. Comment vous l'avez connu, Igdir ?

— On était au lycée ensemble, quand j'ai voulu ouvrir ma salle, après avoir terminé ma carrière en compétition, j'ai cherché des investisseurs. Le mot a un peu couru et c'est lui qui est venu me trouver. Je savais pas, à l'époque, qu'il avait des liens avec des voyous.

— Expliquez-moi ça.

— J'ai pas envie de me mêler de ces conneries, mais tout ce que je peux te dire, c'est que j'ai regretté de m'être associé avec lui.

Léan réfléchit.

— Et quels sont ses liens avec votre père ?

— Faudrait lui demander, j'en sais rien. Igdir était pas un mec qui parlait facilement. Avec les hommes.

— Parce que avec les femmes, oui ?

— Si on veut, lâche le jeune homme à contrecœur.

Aurélien réprime un regard vers la fille au comptoir, et Léan devine qu'il y a une salade.

— Il est sorti avec votre collègue ?

L'autre soupire si longuement que Léan craint qu'il soit en train de se dégonfler, comme un ballon de baudruche. Puis il se tourne vers l'accueil et appelle :

— Lilou ? Viens voir une seconde.

Lilou les rejoint. Elle est jeune, très fine, le teint mat, les cheveux tirés dans une queue-de-cheval haute et très lissée. Son corps est une publicité vivante pour l'exercice physique.

— Tu peux raconter à ce monsieur ce qui s'est passé avec Igdir ?

Lilou ne déborde pas d'enthousiasme à cette idée.

— Pour quoi faire ?

— Je suis journaliste, j'enquête sur le meurtre.

— C'est pour un article ? Je veux pas qu'il y ait mon nom.

Léan acquiesce.

— Pas de problème. Ça peut être du off. Je ne publierai que ce que vous m'autoriserez à sortir.

— Ce mec, c'était un malade. Le premier soir, il m'a sorti le grand jeu. Il est venu me chercher à moto, une Ducati vachement belle. J'adore les motos, mon père et mon frère sont motards. Il m'a emmenée dîner dans un restau classieux. Puis il m'a raccompagnée. Je l'ai trouvé… grand prince, quoi.

— Je comprends. Et vous vous êtes revus ?

— Oui.

Elle réfléchit, hésite, se lance :

— La deuxième fois, il m'a ramenée chez lui. C'est là que j'ai vu quel malade c'était.

— C'est-à-dire ?

— C'était un gros tordu, point barre. Je veux plus jamais penser à cette nuit.

Aurélien et elle échangent un regard et Léan devine qu'ils sont ensemble, maintenant.

— Pardon d'insister, mais c'est pas clair. Il s'est montré violent ?

— Voilàà, fait-elle en laissant traîner légèrement la fin du mot, avec une infime ironie, et elle semble l'interroger : que sais-tu de ce que vivent les filles comme moi ?

— OK. Est-ce que vous, vous savez où je peux la trouver, son ex ? Cette Marielle ?

Lilou l'ignore, s'en fout, et abrège la conversation. Bientôt, Aurélien se lève et raccompagne Léan jusqu'à la porte de la salle qu'il tient ouverte. Tandis qu'une bouffée d'été se mêle à l'air climatisé beaucoup trop froid, il le retient un instant :

— Il l'a vraiment amochée, Lilou. Elle a eu une semaine d'arrêt de travail. Elle n'a pas voulu porter plainte, pour pas nuire à notre réputation. Ne mets pas son nom dans ton papier, s'il te plaît. Et si tu pouvais ne pas parler du tout de LaSalle…

Le jeune flic lui sourit, la femme, elle, se contente de la regarder pensivement, sous sa frange de cheveux mousseux coiffés sans coquetterie. Tous les deux ont l'air fatigué mais déterminé et Reine se promet que rien n'entamera son mutisme. Qu'ils la prennent, la transportent en voiture, l'asseyent sur une chaise ou sur une autre, la mettent dans cette maison, ou dans une autre, qu'ils la déplacent à leur gré, ils ne tireront rien d'elle.

Il approche de sa démarche sautillante, comme s'il était monté sur ressorts, pendant que sa collègue échange quelques mots avec l'éducatrice.

— Bonjour Reine, j'espère que vous avez bien dormi. Est-ce que vous êtes partante pour une nouvelle discussion avec nous ?

Elle n'a pas de réaction, il ne s'en préoccupe pas.

— On vous emmène au bureau, ça va nous permettre de vous montrer quelques photos, des documents, des choses avec lesquelles vous allez pouvoir nous aider. Vous êtes d'accord ?

Toujours rien, il prend ça pour un oui.

— Est-ce que vous avez besoin qu'on fasse revenir l'interprète ?

Silence, qu'il décide cette fois de prendre comme un non.

— C'est bien ce qui me semblait, hier vous étiez sous le choc hein, du coup vous imprimiez pas trop, c'est ça ? Mais là, dans le fond, vous me comprenez pas si mal, hein ? C'est ça ?

Il est souriant, amical, comme s'il lui tendait la main en disant allez viens, on va jouer. Mais elle sait très bien que si elle la prend, il tirera un coup sec et la fera chuter.

— Interprète c'est mieux, répond-elle, juste pour le faire chier.

Un soupçon de contrariété file dans son regard ouvert puis disparaît.

— OK, interprète, aux frais du contribuable. C'est parti. On y va Reine ?

Elle les suit, les femmes qui se sont attardées dans la salle commune les regardent sortir. Ils montent dans la Clio de la veille. À nouveau, c'est la femme qui conduit dans la circulation dense du matin tandis que lui parle sans s'arrêter, légèrement penché en avant afin de pouvoir à la fois regarder Reine et croiser les yeux de sa collègue dans le rétroviseur. Reine le laisse faire en observant par la fenêtre entrouverte les rues estivales. C'est une belle journée, grâce à la pluie de la nuit, pas trop chaude encore, pas trop sale.

— Ça sent les vacances, vous trouvez pas, Reine ? Je vais pas partir de l'été moi, parce que je n'ai pas de gosses, priorité aux anciens, pardon Laurence, et aux parents, malheureusement pour moi, enfin c'est normal, c'est l'organisation de la société qui veut ça. Donc hier vous aviez l'air fatiguée et on le comprend très bien ma collègue et moi, on a déjà vu ça, est-ce que vous avez entendu parler de l'état de sidération ? Je sais que vous parlez français, même si vous préférez un interprète pour formuler vos réponses, ce qui est tout à fait légitime. On est dans le cadre d'une enquête criminelle, vous n'avez pas envie de dire n'importe quoi, vous avez raison, les mots comptent. Mais j'ai bien vu que vous compreniez. Donc l'état de sidération, c'est quand on subit un choc, un stress intense, Laurence tu m'arrêtes si je me trompe, j'ai jamais été très bon à l'école, sinon je serais pas là. Il se produit une sorte de réaction dans le cerveau, en gros, il décide que la meilleure chance de survie, c'est pas la fuite, ni le combat, c'est l'immobilité. Vous voyez ? On n'est rien d'autre que des animaux, dans le fond, et les animaux parfois ils se figent, ils bougent plus du tout. Prenez pas mal la comparaison, c'est notre condition de mammifère en quelque sorte. Pour arriver à cet effet, au lieu de nous envoyer de l'adrénaline, qui nous rend plus forts et plus rapides, eh bien le cerveau va nous envoyer autre chose. Par exemple, de la kétamine, ou des endorphines, en dose tellement puissante qu'on pourrait même nous opérer à vif sans qu'on sente rien. Une dose assez puissante pour qu'il puisse nous arriver n'importe quoi. Vraiment n'importe quoi. Reine, croyez-moi, j'ai suivi une formation qui m'a permis de mieux comprendre ces phénomènes. Et puis dans nos métiers, on voit des choses. Donc, ce que je pense moi, et ma collègue Laurence est d'accord, c'est qu'hier, enfin, avant-hier plutôt, il vous est arrivé quelque chose de terrible, que vous avez vu ou que vous avez subi, et ça a fait disjoncter un truc dans votre tête, pschitt, clac, un fusible a sauté pour vous protéger. C'est ça la sidération, pour résumer.

C'est dans cet état que vous étiez, à cause de ce que vous avez vu. Et on le comprend parfaitement bien, Laurence et moi. Maintenant, Reine…

Elle qui regardait jusque-là fixement par la fenêtre se tourne soudain vers lui parce que sa voix a changé, se chargeant d'un orage lointain. Reine vit depuis trop longtemps en état de vigilance absolue pour ne pas remarquer cette modulation. Elle tente de déchiffrer ce jeune visage tourné vers elle, sur lequel flotte un sourire léger, mais elle a entendu l'avertissement.

— … maintenant, Reine, il va falloir nous parler.

Il se tait. Ils s'entreregardent si l'on peut dire, leurs yeux s'enlacent et ils se comprennent parfaitement, ça arrive, parfois. Puis elle se retire à nouveau en elle-même, il le sent, recule à son tour et conclut :

— Pas vrai Laurence ?

Au volant, Laurence, qui lui jette un coup d'œil dans le rétroviseur, adresse à Reine un sourire rassurant.

— Il est bavard, hein ? Mais il a raison, Reine. Il va falloir nous parler. Sinon, on pourra pas continuer à vous aider.

Reine grimpe à nouveau dans les étages de la police judiciaire, entre Laurence et ce jeune flic pâle dont elle ignore toujours le nom, entre eux comme si elle était une suspecte mais sans menottes, pas comme ce garçon qu'elle croise dans les escaliers et dont les mains sont étroitement attachées dans le dos, avec qui elle échange un regard, pour l'instant ils sont du même côté, captifs. Elle remarque à nouveau le cordage qui double le garde-corps et protège l'échappée, elle n'a aucun doute sur son utilité, il s'agit d'empêcher les gens de sauter. Cet endroit sent le désespoir, malgré l'agitation et les blagues qu'échangent les flics, malgré leur détachement, comme s'ils accomplissaient une tâche qui vaudrait n'importe quelle autre. Elle les suit jusqu'au même bureau que la veille, ne s'assied qu'une fois qu'on le lui a proposé, sur la même chaise, refuse café et verre d'eau poliment et commence à attendre tandis qu'ils tapent sur leur clavier, téléphonent et font toutes ces choses qu'ils font. Mais cette fois, derrière sa feinte impassibilité, elle est concentrée. A-t-elle vraiment dit le nom de Michel ? Ils ne vont plus la lâcher, elle sait parfaitement comment ils procèdent, ce n'est pas la première fois. Elle décide de raconter tout ce qu'elle ne pourra pas cacher, de leur en dire juste assez pour qu'ils se désintéressent d'elle, mais pas une miette qui puisse les mener jusqu'à lui. L'éclat de ses yeux clairs. Son souffle tiède, son haleine quand il s'est penché, à la fin, lorsque ça a été fini. Ses bras tendus et durs, noueux, qui ne se sont jamais levés sur elle. Elle tente de le repousser, de l'effacer. S'il n'est nulle part en elle, ils ne le trouveront pas. Ils n'auront pas un os à ronger.

L'interprète arrive enfin, pénétrée de son importance. Elle s'installe, bruyante et agitée. Dans le bureau, ils réagissent tous les trois à sa présence avec un agacement masqué qu'elle ne perçoit pas et qui les rassemble dans une union éphémère, parce qu'ils s'étaient faits à leur relative tranquillité. Maintenant, il va falloir commencer. Reine se rassemble intérieurement. C'est Laurence qui va mener l'interrogatoire. Le jeune s'est installé à son bureau, comme s'il travaillait, mais il écoute, Reine le sent. Après les préliminaires d'usage, qui précisent le cadre de l'enquête et l'identité des présents, Laurence commence.

— Reine, est-ce que vous pouvez nous expliquer votre rôle dans le café détenu par Igdir Negezi ?

Elle profite du temps que prend l'interprète pour réfléchir puis répond en français :

— Je peux vous faire les réponses en français quand c'est facile, en espagnol quand j'arrive pas.

Laurence hoche la tête.

— Je suis employée à tout faire.

— Qu'est-ce que ça veut dire ?

— Ça veut dire service, ménage, n'importe, ce que veut le patron.

Ça veut dire branler les clients dans l'arrière-salle quand Igdir le demande, ça veut dire sucer Igdir dans la petite pièce avec les caméras, ça veut dire vraiment tout ce que veut le patron. Ne pas laisser monter les pensées, parce que les pensées peuvent se voir.

Laurence note sa réponse.

— Depuis quand travaillez-vous ici ?

— Depuis mon arrivée en France.

— Et c'était quand ça ?

— Je suis arrivée il y a deux ans. Au mois de janvier.

Elle a eu le temps d'y réfléchir depuis hier. Laurence tape vite, un peu trop vite, il n'y a pas assez de temps morts.

— Vous arriviez d'Équateur ?

— Oui, de chez moi en Équateur.

— Et vous êtes venue directement là, à Champigny-sur-Marne ?

Elle tourne sa réponse, choisit de la donner en espagnol.

— J'ai rencontré Igdir qui était en vacances à Guayaquil où j'étais serveuse dans un restaurant de plage. C'est lui qui m'a proposé de le rejoindre. Je ne connaissais pas la France, pour moi, quand je regardais sur la carte, c'était comme venir à Paris. D'ailleurs, il a dit qu'il habitait à Paris. Je suis venue le rejoindre à sa demande, quelques mois après notre rencontre.

— Il vous a payé le billet ?

— Oui.

— D'accord. Qu'est-ce qu'il vous avait promis ?

— Je croyais... Il avait dit que...

Elle essaie de se souvenir mais les mots ne viennent pas, ça a l'air tellement naïf, tellement bête.

— Je pensais que je serais sa femme, fait-elle finalement.

— Il vous l'avait dit ?

— Maintenant, je ne sais plus ce qu'il avait dit. Parce que ensuite, il a dit d'autres choses, et c'est ces choses-là qui ont été vraies.

— Vous entreteniez donc une relation amoureuse avec M. Negezi ?

Reine sourit et ce sourire creuse une petite fossette, qui est en réalité une cicatrice, au-dessous de sa lèvre, que le jeune flic remarque pour la première fois. Il voit dans cette enveloppe fatiguée, abîmée, la jolie fille vibrante, élastique, qu'elle a été. Malgré lui, il sourit en retour.

— Amoureuse, non.

— Comment définiriez-vous cette relation ?

— C'est lui qui la définissait.

Laurence marque une pause, regarde son collègue, revient sur Reine.

— Ça veut dire quoi, ça ?

— Igdir avait beaucoup de relations. J'en étais une.

— Où habitiez-vous ?

— Parfois chez lui, parfois au café. C'était comme il voulait.

— Il y a une chambre au café ?

La femme flic sait bien qu'il y a une chambre au café, puisque c'est celle de Michel.

— Oui, mais moi, je ne dormais pas dans cette chambre.

— Et où dormiez-vous ?

Laurence a pris un ton patient.

— Dans une petite pièce qui est derrière le bar.

Nouveau regard entre les deux flics.

— Il n'y a pas de lit dans cette pièce.

— Il y a, derrière la porte, un tapis à dérouler.

L'éclat violent de la pitié d'une femme pour une autre, ou est-ce un jugement qu'elle lit là ? Reine laisse glisser sur son cuir lustré par tant de blessures.

— J'ai l'habitude, ajoute-t-elle, et Laurence hoche la tête.

— Vous étiez rémunérée pour votre travail ?

Reine sourit, à nouveau.

— J'étais logée et nourrie.

— Bon. On y reviendra. Est-ce que vous vous sentez prête à aborder la soirée du 27 et à nous parler des événements qui ont conduit à la mort de M. Negezi ?

Reine réfléchit, faisant semblant de croire qu'elle a le choix, puis hoche la tête.

— Pouvez-vous me raconter en quoi consistait une journée type ?

En espagnol, Reine se met à parler, rapidement, laissant à peine à l'interprète le temps de traduire.

— J'ouvre le matin à 6 heures, il faut balayer, passer la serpillière, faire les vitres et il y en a beaucoup. À 7 h 15, c'est prêt pour accueillir les clients. J'ouvre les portes, les premiers arrivent tout de suite. Le matin, on sert du café, de l'alcool. Café blanc, ça veut dire du vin blanc dans une tasse de café. Ils viennent remplir leurs grilles. Toutes les télés doivent être allumées sur les courses, mais sans le son. Je fais le service seule jusqu'à l'arrivée d'Igdir.

— C'est à quelle heure ?

— Ça dépend, mais jamais avant 10 heures, parfois midi, parfois plus tard. Il y a un repas, le vendredi et le samedi seulement, c'est des boulettes. La mère d'Igdir les apporte, c'est elle qui les fait. Elle m'aide au service, on est toutes les deux, le repas est à prix fixe, 10 euros, 12 avec le vin.

Laurence revient en arrière. À quoi servent tous ces détails, se demande Reine, qui préfère pourtant parler de ça que de Michel.

— Alors, quand vous me dites que vous faites les vitres, et qu'il y en a beaucoup, ça doit prendre du temps. Vous les faites chaque jour ?

— Oui, tous les jours, Igdir aime qu'elles soient propres.

— Aimait…

C'est le jeune flic qui les a interrompues. Elle hausse les épaules.

— Et vous faites l'intérieur et l'extérieur ?

Merde.

— Je fais l'intérieur.

— Qui fait l'extérieur ?

Rapide.

— C'est un homme qui habite au-dessus du café.

— Michel ?

— Oui.

— C'est qui, ce Michel ?

— Personne, juste un homme qui vit là. En échange du logement, il sort les chaises et il installe la terrasse parce que je n'ai pas la force suffisante. Le soir, c'est lui qu'on appelle s'il y a un problème, quand Igdir n'est pas là.

— Quel genre de problème ?

— Le genre de problèmes avec des hommes qui sont saouls. Vous savez. Parfois, il faut les faire partir.

— Et ce Michel, c'est ce qu'il fait, il les fait partir ?

— Oui.

— Comment il s'y prend ?

— Simplement en étant là, le plus souvent. Mais s'il faut, il sort la batte d'Igdir. Il n'a jamais besoin de cogner, ils s'en vont, tout simplement.

— Vous l'avez rencontré comment ?

— Je ne l'ai pas rencontré. Quand je suis arrivée d'Équateur, il vivait là.

Laurence sort devant elle une planche photographique représentant six hommes jeunes aux cheveux noirs.

— Pouvez-vous nous indiquer si vous reconnaissez Michel parmi ces portraits ?

Elle se penche. Elle ne voit que lui sur la feuille, son visage encore presque imberbe, les yeux qui semblent transparents tranchant avec sa peau bronzée, les boucles encore noires de ses cheveux. Quel âge peut-il avoir sur cette image ? Vingt ans ? Peut-être même moins. Il est beau. Elle réprime la tentation de toucher l'image.

— Je ne suis pas certaine.

— OK, Reine, très bien. Et là, le reconnaissez-vous ?

Elle glisse à présent sur la table une capture d'écran, en pied, de Michel sortant du café et levant la tête, regardant droit dans l'objectif qui le capture. À côté, la même image, agrandie sur le visage, plus flou. C'est le soir du meurtre. Rien ne sert de mentir.

— Oui, c'est lui.

— Il était quoi par rapport à Igdir ?

Elle a besoin de réfléchir, Laurence insiste :

— Un employé ?

— Non. Je ne sais pas.

— Un ami ?

— Non.

— De la famille ?

— Non, je ne crois pas. Je ne sais pas. On n'a jamais beaucoup parlé.

Les marches de bois poli sont douces. La porte, là-haut, s'ouvre en grinçant. Michel est assis sur le lit, il porte seulement un jean. Son torse n'est pas comme celui d'Igdir, imberbe, lisse, huilé comme un soleil. Il est plat, couvert de poils noirs très drus, son ventre est creux, il fuit sous la ceinture de son pantalon. Sa main gauche est posée sur un genou mais la droite est glissée sous son oreiller. En la voyant, il la ressort, mais elle devine qu'il tenait la crosse d'une arme. Dans l'ombre, elle ne distingue pas l'eau claire de ses yeux, alors elle approche. Il la laisse venir, la regarde d'un air étrange, calme, attentif. Elle s'arrête devant lui, presque à toucher ses genoux, ses grands pieds blancs à côté des siens, bruns et petits. Il faudrait qu'il lève la tête à présent, mais il ne le fait pas alors c'est elle qui baisse son visage. Une longue mèche de ses cheveux coule par-dessus son épaule et tombe entre eux, longue, souple, soyeuse. Il y passe ses doigts, les cheveux glissent dans sa paume, elle se penche encore un peu et prend son menton dur, à la barbe rêche, entre ses mains jointes, pour le relever vers le sien. Elle pose ses lèvres sur les siennes.

— Vous travailliez ensemble sans vous parler ?

— Je ne parlais pas le français, au début. Et toujours pas très bien maintenant vous voyez. Il ne travaillait que le soir, à part pour sortir la terrasse. Je ne sais pas quoi dire.

— Quand on vous a trouvée, sur la place, vous avez crié son nom, Michel. Qu'est-ce que vous vouliez dire ?

— Je ne me souviens pas que j'ai dit ça.

— Est-ce que cet homme que vous appelez Michel a assassiné Igdir Negezi ?

— Je ne sais pas.

— Que s'est-il passé ?

— Je ne sais plus.

— Vous le couvrez, ou bien vous avez peur de lui ?

Elle secoue la tête.

— Le soir de sa mort, vous étiez dans le café avec M. Negezi. Michel était déjà monté ?

Elle se rappelle que lorsque Michel avait traversé le café pour gagner sa chambre, Igdir lui avait jeté un regard mauvais, coulant, qui l'avait étonnée. Il avait cessé de s'en prendre à elle devant Michel, dont il craignait la réaction. Mais cette fois, c'était différent. Elle s'en était inquiétée. Est-ce qu'il se doutait de quelque chose ? Elle croyait avoir été si prudente.

Elle hausse les épaules.

— Qu'est-ce qui se passait, au moment où il est arrivé, juste avant qu'il tire sur M. Negezi ?

— Ce qui se passait ?

— Entre vous et la victime.

— Je me faisais réprimander.

— Pourquoi ?

— Je n'avais pas bien fait mon travail.

« Sale petite pute, je vais t'apprendre, regarde-moi dans les yeux salope, regarde, regarde-moi. »

— Qu'est-ce que vous aviez fait de mal ? Vous avez l'air d'une femme consciencieuse.

— Igdir était très exigeant.

— Il vous « réprimandait » souvent ?

— Ça arrivait.

— Juste en paroles ?

Ils ont vu son corps.

— Non.

— Non quoi ?

— Pas seulement en paroles.

— Avez-vous été victime de violences de la part de M. Negezi ?

À nouveau, elle hausse les épaules.

— À quoi bon, maintenant ?

— C'est important pour nous de comprendre. Avez-vous été victime de violences ?

— Oui.

— Avez-vous porté plainte ?

— Non.

— Avez-vous vu un médecin ?

— Non.

— En avez-vous parlé à quelqu'un ? N'importe qui, votre famille, une amie, un client ?

— Non.

— À personne, vraiment ?

— Je ne connais personne ici.

— Vous connaissiez Michel.

Elle se tait. Laurence regarde le jeune flic, puis pose ses mains à plat sur le bureau.

— On va faire une petite pause, si vous voulez bien. Est-ce que vous voulez un café ? De l'eau ? Quelque chose à manger ?

Elle refuse. L'interprète, elle, veut un café, une cigarette, faire pipi, et savoir combien de temps ça va durer. Ils sortent tous les trois mais laissent la porte entrouverte et, en face, un autre policier la surveille à leur demande, qu'elle n'aille pas leur claquer entre les doigts, ouvrir la fenêtre et sauter. Elle y pense froidement, elle en aurait le temps, ils ne parviendraient pas à l'arrêter. Mais du deuxième étage, que lui arriverait-il ? Elle serait assez blessée pour que ça mette fin à l'audition, c'est certain. Est-ce qu'elle en mourrait ? Elle se voit enjamber le parapet, elle éprouve presque la sensation de son corps chutant, l'attraction, la vitesse qu'elle aurait le temps de prendre, l'écrasement brutal sur le pavé. À ses oreilles, le son est net de la chair qui s'aplatit, de la peau qui éclate. Elle voit son intérieur sortir et s'écouler sur le pavé sous le beau ciel d'été, dans la chaleur tranquille. La fin. Le soulagement.

Ils sont de retour, elle se secoue. Qu'est-ce qui lui arrive ? On n'en finit pas à sa guise avec la vie. On attend, on patiente, on endure. On ne s'appartient pas, on est au monde.

L'interprète, toujours brouillonne et confuse, sent la cigarette.

— J'aimerais parler de la journée du 27. Pouvez-vous me raconter, avec vos propres mots ?

Elle prend le temps de se remémorer.

— J'avais dormi chez Igdir. Je suis sortie à 6 h 30 à peu près et j'ai pris le bus pour le centre-ville. Il habite hors de la ville, dans une belle maison avec un jardin.

Elle se souvient de sa stupéfaction quand elle a découvert les lieux, le cube de béton aux grandes baies vitrées, le jardin protégé de hauts murs, les pelouses rases, tondues, les chiens, des staffs massifs. Elle avait eu peur, immédiatement.

— Vous avez pris le bus à quel arrêt ?

— Je ne sais plus le nom, c'est au coin d'une route, où il y a une boulangerie.

Le jeune consulte son ordinateur et propose :

— Belafonte ?

— Ah oui, c'est ça. Je suis descendue au centre-ville et j'ai ouvert le café.

— Michel était là ?

— Sûrement dans sa chambre. Je ne l'ai pas vu.

— Il n'a pas sorti la terrasse ?

— On ne la sort pas si tôt, ça fait trop de bruit pour les voisins et personne ne s'installe dehors à cette heure. On la sort vers 9 ou 10 heures environ.

— D'accord, continuez.

— J'ai fait ce que j'avais à faire. C'était très sale parce que la veille, Igdir avait voulu qu'on rentre avant que je termine mon ménage. Alors j'ai travaillé.

— Il y a une alarme ? Quand vous arrivez ?

— Oui, je l'éteins avec un code.

— Et les caméras ?

— Je les ai débranchées en arrivant.

— C'est habituel, ça ?

Elle hésite. Igdir voulait que les caméras tournent tout le temps. Elle les avait coupées pour monter dans la chambre de Michel, le matin même. Elle avait oublié de les relancer, c'est ce qui avait causé la colère d'Igdir, plus tard dans la journée. La chaleur lui monte au visage mais elle répond.

— Ça dépend. Il n'y avait pas vraiment de règle.

Laurence paraît peu convaincue, mais ne la contredit pas.

— Continuez.

— Pendant que je fais mon ménage, la porte est fermée à clé. À 7 h 30 j'ai ouvert. Peut-être 7 h 45.

— Plus tard que d'habitude ?

Elle pousse la porte de la pièce sous les toits où il fait si chaud l'été, Michel dort encore et c'est la première fois qu'il ne l'entend pas approcher. Elle le regarde dans son sommeil. Il est à plat ventre, ses épaules sont compactes, il est nu dans les draps. Elle croit qu'il dort mais alors il tourne la tête et ouvre les yeux, lui tend la main, l'attire à lui.

— Oui, le ménage m'avait pris plus de temps.

— Ensuite ?

— J'ai ouvert. La journée a été comme d'habitude.

— C'est vous qui tenez le lieu seule ?

— La journée oui. Le soir, il y a un barman, et moi je fais le service en salle. Avec la mère d'Igdir les vendredis et samedis, comme je vous ai dit.

— Quels sont vos horaires ?

— 6 h 30 jusqu'à la fermeture.

— 23 heures ? Minuit ?

— Ça dépend.

— Vous prenez une pause ?

— Je me repose dans la salle des caméras quand c'est calme.

Le jeune flic intervient :

— On est bien en termes de respect du Code du travail ou on est bien ?

Laurence ne se laisse pas distraire.

— Il y a eu beaucoup de fréquentation, ce jour-là ?

Les mêmes hommes qui arrivent d'un pas hésitant, comme s'ils n'avaient pas d'équilibre, les pieds à plat, la démarche de la misère ici, pense-t-elle. Ils passent la porte, certains avec un salut timide, d'autres sans la regarder, ils saisissent leurs feuilles de paris et commandent une boisson puis se rassemblent par petits groupes, plutôt silencieux, demandant qu'elle monte le son de la télé. Igdir le coupera en arrivant, ça lui donne mal à la tête, dit-il. Les grains de café amer sont moulus à grand bruit, les petites tasses fumantes apportées les unes après les autres, les sachets de sucre, on les prend soi-même dans des coupelles de métal. Elle essuie déjà une première fournée de verres sortis tout chauds de la machine avec son chiffon propre, serrant le bord entre le pouce et l'index pour qu'ils ne portent pas de trace de calcaire, puis les range au-dessus du lave-vaisselle. Quelqu'un veut un crème, c'est rare, ils aiment plutôt les choses simples, elle fait chauffer et mousser le lait et attend, les yeux fixés sur ses avant-bras couturés de cicatrices.

— Comme d'habitude.

— Le café marche bien ?

— Je ne connais pas les chiffres.

— À quelle heure est arrivé Igdir ?

— Vers l'heure du déjeuner.

— Vous n'avez pas une heure précise ?

— Je ne sais plus.

Les heures se mêlent, les jours se fondent, sa vie tout entière.

— Il venait d'où ?

— Je ne sais pas, de la maison je pense.

— Qu'est-ce qu'il a fait en arrivant ?

— Ses affaires.

— Ça consiste en quoi ?
— Il a des rendez-vous avec des gens.
— C'est quoi, ces rendez-vous ?
— Je ne sais pas. Il ne me dit pas.
— Mais c'est en rapport avec le café ?
— Il a d'autres activités.
— Vous en connaissez ?
— Il a une salle de sport.
— Vous y êtes déjà allée ?

Elle baisse la tête. Est-ce qu'il y a quelque part des traces de sa présence, des vidéos de ces soirées d'horreur ? Sans doute.

— Oui.
— Et vous savez ce qu'il a d'autre comme « activités » ?
— Non.

Des hommes défilent et Igdir s'attable avec eux, parfois dans la partie plus étroite de la salle, où il n'y a pas de télé et que les clients habituels délaissent donc. Puisqu'on se sent immédiatement mal dans ce café, personne ne s'y aventure sans une bonne raison et ils sont donc tranquilles. Lorsqu'il fait beau, Igdir s'installe en terrasse, cuisses largement écartées, adossé au dossier plastique des sièges amollis par les intempéries, dont l'odeur sous le soleil écœure Reine. Ses contacts et lui sentent fort l'eau de Cologne, ou des parfums violents comme eux. Parfois Igdir lui met la main sur la cuisse ou la fesse, parfois il ne la regarde pas. Elle prend les commandes, ils se moquent de son accent ou bien la draguent, elle ne réagit à rien, ni aux insultes ni aux douceurs. Elle entend tout, livraisons, commandes, logistique. Ils trafiquent, de la drogue, des armes, du tabac, n'importe quoi, c'est en fonction des opportunités.

Igdir trempe dans tout. Elle voit passer les téléphones prépayés de main en main. Est-ce que ça aiderait Michel qu'elle en parle ? Sans doute pas. Parfois, il se joint à eux et elle n'aime pas ça. Elle apporte les cafés, les menthes à l'eau, les Orangina, les petits kirs... Elle va et vient entre les tables et ne croise jamais son regard. Mais celui d'Igdir, jaune, prudent, se fixe parfois un instant sur elle. Il arrive qu'il lui demande de coucher avec l'un d'eux et elle le fait, ils tirent à pleines mains sur ses longs cheveux, elle attend que ça se termine. Ce n'est pas chaque fois, mais elle ne peut pas prédire quand ça tombera. Il est aussi arrivé qu'Igdir invite les poivrots du comptoir à en profiter. Un jour où il était ivre, elle ne sait plus combien ils étaient, quatre ou cinq, davantage ? Il y en a un qui n'a pas pu parce qu'elle pleurait mais ça n'a pas gêné les autres. Est-ce qu'ils trouveront des traces de cela ? Igdir gardait les images sur des clés. Elle espère que non. Mais sûrement que oui.

— Continuez.

— J'ai pris ma pause pour le dîner. J'ai mangé. Igdir est revenu vers 23 heures, je crois. La terrasse avait déjà été rentrée.

— Par Michel.

— Oui.

— Vous faisiez quoi ?

— La fermeture.

— C'est vous qui branchez l'alarme ?

— Igdir ou moi.

— Michel, comment il fait pour accéder à sa chambre ?

— En général il est là quand on ferme. Sinon, je pense qu'il a le code lui aussi.

— Est-ce qu'il a la clé de la petite pièce derrière le bar ?

— Je ne crois pas.

Elle sent quelque chose dans son ventre, une douleur aiguë, vive comme un éclair. Aussitôt disparue. Elle se tait, à l'écoute de son corps. C'est passé.

— Reine ?

— Oui ?

— Vous êtes avec nous ?

Elle a du mal à faire le point sur le visage de la femme, y parvient, hoche la tête.

— Oui.

— OK, on continue. Ce soir-là, vous en étiez où de vos tâches quand Igdir est revenu ?

— Je passais le balai.

— Et que s'est-il passé ?

Elle regarde ses genoux.

— Michel est entré, affirme la femme flic.

Reine ne sait pas comment ils peuvent en être certains. Elle ignore les informations dont ils disposent.

— C'est lui qui a tiré sur Igdir ?

Elle se tait.

— Nous savons qu'il est descendu de sa chambre et qu'immédiatement après, une première balle a été tirée, qui a atteint M. Negezi dans le dos.

Reine déglutit.

— Vous avez dû avoir très peur.

Elle lève des yeux étonnés malgré elle.

— Vous n'avez pas eu peur ? Qu'il vous tue aussi ?

— Je n'y ai pas pensé.

— Il y a eu six coups de feu tirés dans la pièce, devant vous, qui ont tous atteint M. Negezi. Ensuite, que s'est-il passé ?

— Je crois que j'étais sous le choc, je ne sais plus.

— Michel est remonté dans sa chambre.

— Oui.

— Mais pas tout de suite.

— Ah ?

— Non. Il est resté un peu dans le café, seul avec vous. Est-ce qu'il vous a dit quelque chose ?

— Je ne sais plus.

— Ensuite, il est monté chercher ses affaires et il a filé. Il s'est encore écoulé plusieurs minutes avant que vous sortiez à votre tour. Vous avez vérifié si M. Negezi était encore en vie ?

— Il était mort. J'ai déjà vu des morts, il était mort.

— Vous n'avez pas pensé à téléphoner à la police ?

— Je n'ai pas de téléphone.

— Depuis le téléphone du café ?

— J'avais entendu les sirènes, de toute façon. Je voulais quitter la pièce.

— Vous y êtes pourtant restée presque huit minutes après le départ de Michel.

— Huit minutes ?

— Huit. Qu'avez-vous fait pendant ces huit minutes ?

— Je ne sais pas. Rien, je crois.

— Est-ce que Michel vous avait interdit de sortir ?

— Non.

— Est-ce qu'il vous a demandé de ne pas prévenir la police ?

— Il ne m'a rien demandé.

— Vous avez dit que vous ne vous souveniez plus.

— Oui, je ne sais plus, mais je ne crois pas qu'il ait dit quelque chose de particulier.

— Est-ce que vous avez voulu lui laisser le temps de fuir ?

Elle pose la main sur son ventre sans répondre. La douleur est là, de nouveau, vive, comme si un cutter tranchait l'intérieur de ses entrailles. Comme si on l'ouvrait en deux.

— Saviez-vous que Michel avait l'intention de s'en prendre à M. Negezi ?

— J'ai très mal au ventre.

— Vous avait-il jamais parlé d'un tel projet ?

Elle a tellement mal qu'elle se penche légèrement en avant, et elle sent quelque chose de mouillé, d'épais, sous elle, qui fait un bruit mou de serpillière. Elle n'aura pas besoin de sauter peut-être, la vie s'écoule d'elle-même hors de ce corps inutile.

Elle respire un peu plus fort. L'interprète répète la question.

— Non. Je n'ai jamais beaucoup parlé avec Michel.

— Quand vous parliez, vous parliez de quoi ?

— Les pigeons ont chié sur les chaises.

— Comment ?

— Des choses comme ça, les pigeons chient sur les chaises et les tables de la terrasse, mais c'est lui qui nettoie pour que je n'aie pas à le faire.

Il y a un bruit de ploc ploc, un robinet fuit quelque part. Elle regarde autour d'elle et la pièce paraît plus vaste que tout à l'heure, mais elle n'aperçoit aucun robinet. Qu'est-ce que c'est que ce goutte-à-goutte ? Elle porte la main à sa tempe qui est moite, froide. L'interprète crie, Reine se tourne lentement vers elle, que lui arrive-t-il encore ? La femme fixe ses pieds, alors Reine baisse les yeux à son tour et voit le rouge, presque noir, du sang qui l'a suivie jusqu'ici. Est-ce qu'elle aurait oublié de s'essuyer les pieds quand elle a enjambé le corps d'Igdir ?

— Je suis désolée, bredouille-t-elle.

— Putain, Laurence !

Le jeune flic contourne son bureau si vite qu'il se prend les pieds dans une corbeille.

— Je vais nettoyer.

Est-ce qu'elle l'a dit ou l'a-t-elle seulement pensé ? Le jeune flic a juste le temps de la cueillir dans le creux de son bras quand elle bascule en arrière. Elle n'a plus la force de tenir sa tête, elle cherche les yeux clairs de Michel, mais c'est un regard rond et brun, écarquillé d'inquiétude, qu'elle rencontre. Alors elle baisse ses paupières et se laisse aller.

SOCIÉTÉ. ARTICLE EN ACCÈS LIBRE

Par l'équipe web

LE PRINCIPAL SUSPECT D'UN MEURTRE À CHAMPIGNY-SUR-MARNE TOUJOURS EN FUITE

Des curieux s'attardent encore sous les arbres, devant la mairie de Champigny-sur-Marne, échangeant des suppositions sur le meurtre de leur voisin. Tous les riverains ont entendu, ce mercredi 27 juillet dans la nuit, résonner les six coups de feu. En face du bâtiment, devant un café vide, le vent chaud agite les rubans jaunes frappés de ces mots : « Scène de crime ». Igdir Negezi, 37 ans, le patron de ce petit bar-tabac PMU bien connu des habitants du quartier, est mort au cœur de cette nuit caniculaire. Une enquête du chef d'assassinat a été ouverte et les investigations sont confiées à la SDPJ du Val-de-Marne.

Quels étaient les liens entre la victime et son assassin ?

Le suspect habitait une chambre au-dessus de l'établissement où il travaillait en échange, rendant de menus services. Il a pris la fuite quelques minutes après les faits, en direction de la Marne, où les caméras de surveillance de la municipalité perdent sa trace. Une patrouille de police secours est arrivée sur place un instant trop tard pour l'appréhender.

L'ombre du grand banditisme

D'après nos sources, Igdir Negezi avait investi dans d'autres affaires commerciales en ville, mais il était également connu pour ses liens avec la pègre. Il avait été mis en examen pour sa participation logistique à l'évasion spectaculaire du braqueur multirécidiviste Bilal Mancouri, dont le procès se tiendra à l'automne.

Mis à jour, vendredi 29 juillet 07 h 44.

Marco termine de nettoyer la chambre. Il laisse un billet pour la femme de ménage puis descend. Il a payé d'avance, aussi évite-t-il la réception. Au bout du hall étroit, un rectangle lumineux lui donne l'impression d'entrer dans quelque chose de chaud, de scintillant, plutôt que de sortir, et il émerge dans la lumière aveuglante de l'été. Le soleil écrase Paris, la chaleur se réverbère sur le bitume et remonte le long de ses jambes. Le ciel est sans nuage. Marco se fond dans la foule des abords de la gare du Nord. Des mères en sandales, mal coiffées, déjà fatiguées, trimballent dans des poussettes bancales des enfants largement assez grands pour marcher, de jeunes hommes habillés comme leurs femmes, d'un pantalon remonté aux chevilles, leurs pieds blancs dans les mêmes sandales, leurs cheveux trop longs, portent des moustaches qui semblent postiches. Il est effaré par leur jeunesse, à eux qui avancent avec gosses et certitudes vers leurs appartements encombrés, un bulletin de vote écolo dans la poche, un café dans un gobelet recyclable à la main. Il se dit qu'ils seraient balayés comme des fétus de paille à la moindre tempête, il lui semble qu'ils n'ont pas de corps, rien de solide, pas de réflexes. Il se sent un loup rôdant parmi un peuple de moutons. Il boite un peu, la hanche encore douloureuse, la croûte qui commence à se former dans son dos dégageant une sourde brûlure, mais il est plus vif qu'eux tous, malgré l'âge, la douleur, malgré les rhumatismes, puisqu'il en a, parfois, il faut bien qu'il se l'avoue, dans les mains, et à chaque endroit où un os s'est un jour rompu. Des militaires patrouillent négligemment devant la gare. Une petite bagnole du commissariat, vitres grandes ouvertes, passe tranquillement. Les vendeurs de portefeuilles, de foulards, de bouteilles d'eau et de cigarettes de contrebande la suivent d'un œil expert, sans esquisser un mouvement pour ramasser leur barda. Ils savent à certains signes que la descente n'est pas imminente. Ils restent vigilants mais continuent leurs transactions. Des touristes rougeauds et hagards avancent en groupes méfiants, Paris n'a pas bonne réputation. De jeunes voyous filent comme des chats, un Indien agité et visiblement déjà ivre insulte les passants, des femmes en sari remontent vers Stalingrad, une odeur d'épices et de pot d'échappement chatouille le naseau, et un Nigérian aux yeux jaunes fait un numéro de claquettes devant la boutique où entre Marco. Climatisation bruyante, murs peints en bleu ciel couverts d'affiches dans toutes les langues, cours du change dans plusieurs devises, prix des boissons et des minutes de connexion, dessins humoristiques, Ganesh et Shiva dansant, cartes postales de mer turquoise, et une fille nue, il y en a ici pour tous les goûts. Marco s'installe devant un ordinateur dont le clavier est recouvert d'un plastique amolli par l'usage et les températures extrêmes, il se connecte et consulte la boîte aux lettres morte où il reçoit ses contrats. Pas de message. Il ne sait que penser du silence de ses employeurs. Qui lui a mis les Serbes sur le dos ? La femme-araignée ? Ou cet enculé d'Igdir ? Il consulte la presse, lit un papier du *Parisien* où un vieux crétin qu'il n'a jamais vu prétend faire son tiercé au café et décrit Igdir comme un homme gentil et doux, puis un autre article qui évoque à demi-mot le passé de « la victime ».

Un bruit de radios qui crachotent, trois flics passent sur le trottoir brûlé, suant sous leurs gilets pare-balles, les menottes cliquetantes à la taille, les tonfas rythmant leur marche contre leurs cuisses, lunettes de soleil et joues bien roses de petits porcelets, d'ailleurs ils sont tous les trois un peu trop gras pour ce métier. Mais ils sont partout, leur nombre fait leur force. Marco relit la fin de l'article en se demandant où trouver un nouvel abri pour la nuit.

Il consulte ses comptes. La police a-t-elle déjà son identité ? Sans doute. Il pourrait fuir encore, il l'a déjà fait, les gestes sont inscrits en lui depuis longtemps. Il s'est juste un peu trop attardé cette fois, il a baissé la garde. Il connaît les étapes, faux papiers, voiture replaquée, filer par la Belgique, pourquoi pas ? Par habitude, il évalue en pensée ce parcours qu'il n'empruntera pas, il le sait.

Un couple passe, il entend le rire de la fille et tourne la tête, mais elle a déjà disparu.

Il ne veut pas partir.

Il transfère un peu d'argent d'un compte vers un autre, il ira retirer du liquide. Puis il ferme les fenêtres de sa navigation, s'apprête à effacer son historique et retombe sur l'article. Il est signé « L'équipe web ».

La tourmente s'est levée dans le ciel médiatique, Léan la surveille avec attention. Dans un tweet, le garde des Sceaux a qualifié le Journal de torchon d'extrême droite. Reprises et réponses prolifèrent : atteinte intolérable au troisième pouvoir, antisémitisme, arguties sur le secret de l'instruction, diatribes contre les politiques, diatribes contre la magistrature, diatribes contre les médias, accusations de corruption... Léan attend de voir débouler Carbo, mais rien.

— Léan, t'as vu ça j'imagine ?

Sa binôme en CDD est, comme chaque jour, d'une élégance recherchée. Aujourd'hui, elle porte une fine chemise d'homme beaucoup trop grande, et sa taille soulignée par une large ceinture bordeaux lui donne l'air d'un sablier. Ou d'un diabolo. Léan se demande comment elle parvient à respirer. Elle tourne vers lui l'écran de son ordinateur.

— Point Godwin atteint.

— J'avais prévenu Carbo que ça risquait de mal tourner.

Elle le dévisage, pensive sous sa mèche.

— Tu m'as l'air un peu anxieux.

— J'ai écrit ce papier.

— Et c'était peut-être pas une bonne idée, chaton…

Il la hait. Il se replonge dans la lecture des tweets, scrollant, toujours plus loin, toujours plus bas. Au moins, ça fait parler, tente-t-il de se rassurer. Dans la foulée, il vérifie les stats de sa brève sur Champigny : elles sont maigres, ça n'intéresse personne, Carbo avait raison. Mais où est-il, Carbo ? Son absence obsède Léan. Par un effort de volonté, il s'arrache à internet et essaie de se concentrer. Il a une liste de papiers à terminer, quelques nécros à avancer pour le frigo. Il s'y met et le travail l'apaise un moment.

Son téléphone vibre, c'est un message de David.

« J'ai un truc qui va t'intéresser. Libre à déj ? »

Pourquoi ce mec ne peut pas parler au téléphone ? Il est bien placé pour savoir que les flics ne peuvent pas écouter WhatsApp. À moins qu'ils en soient désormais capables, justement ? Et pourquoi, si l'on doit vraiment se rencontrer en personne, faut-il que ce soit toujours au fond du 16ᵉ ou du 17ᵉ, où il n'y a pas de métro et où le café coûte 4 euros ? Léan attrape sa sacoche et part à grandes enjambées.

Quand David termine son récit, Léan est impressionné, malgré lui.

— Un tueur à gages ?

— La Crime est revenue faire des constats avant de restituer les lieux à la famille. Les collègues ont repéré une cache qu'ils n'avaient pas vue le soir du meurtre – les branleurs. Sous le plancher, il y avait un petit calepin avec des initiales, des dates, des chiffres. Ce serait la liste de ses exécutions.

Enfin, c'est ce qu'ils pensent. Il y en a déjà deux qui correspondent parfaitement.

— Je comprends pas : le mec a laissé un calepin avec une liste des gens qu'il a butés ? répète Léan, incrédule.

— Affirmatif. Leurs initiales, du moins.

— Mais pourquoi ?

— J'en sais rien. En tout cas, dans le carnet, il y a une ligne qui dit JP 95 15. On pense que c'est Jacinto Patay, tué à Antibes en 95. Pour 15 000 balles, c'était encore des francs. Une autre ligne dit JL 04 25. Ce serait Jean Larabi, assassiné en 2004, pour 25 000 euros, donc. Je te fais la scène : Marseille, le Panier, Larabi, un patron de la Brise de mer, s'envoie un petit noir au comptoir, comme tous les matins, et quand il sort, il se prend quatre bastos, deux dans le front, bien nettes, et deux dans le gigot. Mort sur le coup. Le tireur est un homme à moto, casqué, pas d'autre signalement. Il sera jamais identifié.

— Mais 25 000 euros, c'est pas un chiffre invraisemblable ? Je croyais que c'était beaucoup moins, que pour 1 000 euros, tu faisais buter qui tu voulais.

— Bien sûr, il y aura même toujours des schlags prêts à descendre quelqu'un pour 400 balles. Je t'ai raconté le connard en Twingo ?

Léan a un geste impatient, oui, oui, reste concentré.

— Mais eux c'est des mongoliens, on les rattrape en deux-deux et ils balancent tout. Ceux à 25 000, normalement on les retrouve pas. Et puis y a tellement de fric dans le biz, qu'ils peuvent payer, les trafiquants.

— Il y a combien de lignes en tout ?

— Aucune idée, je l'ai pas vu. Et y a rien sur les

années 1980, or on sait que notre ami était déjà actif, comme je te l'ai dit. P't'être qu'il a perdu son premier carnet?

— Vous n'en avez identifié que deux?

— Peut-être trois, ça mouline les règlements de comptes non élucidés depuis les années 1990... On a un KA qui pourrait correspondre à Kader Ben Arfa, mais ça serait vraiment énorme. Tu veux l'histoire?

— Vas-y.

— Ben Arfa est un trafiquant de stups passé sous les radars, de son vivant en tout cas. Après sa mort, on a eu des raisons de penser qu'il gérait tout Nanterre. Et Nanterre, c'est du lourd. Ben Arfa n'est jamais passé par la case prison, à peine quelques bêtises avant la majorité et une conduite avec défaut de permis après. C'est tout. Que pouic. Donc, ce bique-là (Léan réprime une grimace) était plutôt malin, à jamais se faire pincer. Il était en vacances avec madame sur une île aux Maldives, plage privée et coquillages, la belle vie des trafiquants, quand un gars arrive en scooter des mers tout droit depuis l'horizon, en slip de bain. On le voit venir sur la mer cristalline...

— Quel lyrisme.

— Ta gueule, visualise le tableau, les richards en maillot qui regardent foncer vers eux le motard des mers dans son slibard. Il va jusqu'à la plage et là, il tire de l'avant de son scooter un fusil, bam bam, deux balles dans la tête de Ben Arfa sous les yeux de sa femme, bam bam, deux de plus dans l'estomac, puis il repart d'où il est venu, vers l'horizon. Note les quatre bastos, comme pour Larabi. L'enquête a été rendue très difficile par le manque de coopération des Maldives. Mais on a toutes les raisons de penser qu'ils se sont donné du mal pour le rattraper, ils ont pas la réputation de rigoler là-bas, et j'imagine que ça faisait pas leur affaire, rapport au tourisme. Dans le carnet, la date est bonne, 2015. Mais on serait plus contents s'il avait écrit KBA et pas KA…

— Et le montant ?

— 75.

— Donc un encore plus gros poisson ?

— Apparemment. Si tu en tires une série Netflix, je veux être conseiller. C'est comme ça qu'on dit ?

— J'en sais rien, fait Léan.

David mange à la petite cuiller le sucre bruni par le café resté au fond de sa tasse, Léan entend les cristaux craquer entre ses dents. Ce mec est perpétuellement affamé, il fait peine. Léan lui tend le minuscule spéculoos soigneusement enrobé de plastique – c'est pas grave les gars, on n'en est plus à ça près, des villages prennent feu spontanément au Canada, les gens fondent au Pakistan, le ciel est jaune de sable du Sahara à des milliers de kilomètres, nos pare-brise sont impeccablement propres après huit heures de route, y a plus un insecte, le monde est mort, ah mais oui, et si on empaquetait des centaines de milliers de biscuits de deux centimètres carrés dans du plastique non compostable, est-ce que ça serait pas marrant ? Mais il s'égare.

David s'éclaire à la vue du biscuit.

— T'en veux pas ?

— Vas-y, je t'en prie. Donc on a affaire à un tueur à gages. Mais le patron du café…

— Igdir Negezi, complète machinalement David. Comme tous les bons flics, il a une mémoire encyclopédique des noms.

— ... ça ressemble pas à un règlement de comptes, ou bien si ?

— Non, pas du tout, ou alors salement bâclé. Cette histoire est bizarre, lâche David qui paraît, soudain, s'en désintéresser. Tu sais qu'avec Marie, on se sépare ?

Oh non, Léan ne veut pas discuter de séparation, il ne veut pas parler d'amour et de colère, de jalousie et de tristesse, il n'en a rien à foutre des histoires de David qui a dû tromper cent fois sa copine et qui méritait certainement de se faire plaquer, il ne veut pas l'entendre lui raconter qu'il s'est conduit comme un connard et n'a pas su voir qu'elle était la femme de sa vie et que maintenant, il est trop tard. Il ne veut pas le voir pleurer. Surtout pas le voir pleurer.

À contrecœur, il lâche :

— Merde alors.

Deux heures perdues plus tard, la fille aux Birkenstock n'est pas devant le petit magasin de légumes terreux et Léan est déçu. Il en veut personnellement à David. Il dépasse l'étal du vieux Marocain qui termine d'écouler son stock de ventilateurs et se tient déjà prêt à ressortir les parapluies, puis le restaurant végétalien dont les tables bancales sont toujours désertes, le cambodgien avec la queue dehors, l'échoppe qui vend des vêtements religieux et enfin il arrive chez lui. Il grimpe les escaliers au petit trot, deux marches à la fois, avalant les sept étages sans faiblir dans l'étroite cage d'escalier où l'air a pris pour toujours une odeur d'encaustique, chaude ou froide selon la saison. Les Parisiens ont déserté la ville pour les vacances, laissant seulement le septième étage habité. Arrivé sur le dernier palier, Léan fait une pause, à peine essoufflé. Une fenêtre en velux offre la même vue que celle de sa chambre sur les toits bleus. À certaines heures, comme à présent, le panorama est spectaculaire, un océan violent de rouge et de rose, de lave pure mêlée de brumes effilochées, explose au-dessus de la ville. Léan plisse les yeux, intrigué, parce que là, juste sous ce carré de beauté, une forme se redresse à son approche. Il tend la main vers l'interrupteur mais la forme fait « Non », du geste et de la voix. Léan allume quand même et, en deux enjambées, la forme est sur lui. Léan envoie par réflexe un poing qui n'atteint que le vide et se trouve déséquilibré. Mais bon Dieu, c'est quoi ça ? se demande-t-il en recevant un premier coup à l'estomac, qui fait ressortir des restes de son dernier repas en une bouillie acide. Le deuxième coup, au plexus, lui coupe la respiration. Il tombe à genoux, bouche ouverte. Des larmes coulent sur son visage, il veut inspirer mais ses muscles ne lui obéissent plus. Je vais mourir, pense-t-il, affolé. Puis son ventre se gonfle à nouveau et l'air entre, brûlant, douloureux.

— J'ai dit non.

L'homme le soulève et le remet sur ses pieds, fouille ses poches, Léan n'a plus l'énergie de se défendre, en sort la clé et ouvre la porte, puis le pousse devant lui.

Ils sont dans sa chambre. Léan est assis sur son lit, la suée provoquée par l'adrénaline a gelé sur son corps et, malgré l'air étouffant, il grelotte. L'homme va et vient dans l'espace étroit, sert deux verres d'eau, en tend un à Léan qui reconnaît avec stupeur le visage à la serpe.

Derrière le vasistas, le ciel est maintenant bleu foncé. Comme ils n'ont pas allumé la lumière, les traits de l'homme assis sur un tabouret en face de lui s'affadissent peu à peu. Il entend sa respiration, ample, lourde. Léan devine qu'il est malade, peut-être blessé. Mais le souvenir des coups est encore suffisamment vivace pour qu'il ne tente rien. Il réfléchit. Quand le noir sera complet, pourra-t-il discrètement tirer son portable de sa poche ? Ou composer le 17 sans le sortir ? Il s'imagine le déverrouiller à l'aveugle. Mais que fera-t-il quand la communication sera établie, en admettant qu'il y arrive ? Engager une conversation qui permette à l'opérateur de deviner qu'il est séquestré ?

L'homme se lève, d'un pas atteint la porte, et allume la lumière. Merde.

— Tu te demandes comment te tirer de là. Comment prévenir les flics.

Léan ne répond pas.

— Tu hésites à m'attaquer. Tu as peur que je te tue.

L'homme le contemple, une épaule appuyée au chambranle, le corps souple. Il porte une chemise noire. Son cou et ses épaules sont forts, compacts.

— Je ne vais pas te tuer.

Léan continue de le dévisager, et le cours de ses pensées n'est pas modifié par ces quelques mots, qu'il ne croit pas. Ce que l'autre semble deviner.

— Je ne vais rien te faire. Mais laisse-moi te dire une chose : si tu voulais agir, tu as eu tort d'hésiter. C'est ça qui perd les gens. Si tu dois attaquer, attaque. Maintenant, écoute-moi. Tu m'écoutes ?

L'attention de Léan se focalise sur la voix calme, basse, presque douce.

— J'ai besoin que tu me rendes un service. Tu comprends ce que je te dis ?

Léan hoche la tête malgré lui.

— Je veux que tu m'aides à retrouver Reine.

— Reine ? répète Léan.

— En échange, je te raconterai mon histoire et tu en feras ce que tu veux. Un article pour ton journal. Ou même un livre, peut-être ?

La vibration sourde de l'immeuble, de sa tuyauterie, de l'air qui court entre ses étages, de la vie entassée des humains, du souffle chaud emmagasiné dans ses murs et qui se diffuse à présent avec une sorte de doux frémissement, emplit l'espace entre eux.

— Qu'est-ce que tu en penses ? Les journalistes cherchent toujours des histoires, non ?

Les mots se forment dans la tête de Léan alors qu'il se croit encore occupé à trouver une solution de fuite : l'histoire d'un tueur à gages, c'est un coup à avoir le prix Albert-Londres. La pensée qu'il est si facile à convaincre le met en colère.

— Je sais même pas qui c'est, Reine, éclate-t-il.

— Doucement.

Le ton est celui de l'avertissement. Léan reprend, plus bas, s'appliquant à contrôler la panique qui court dans ses veines, brutalement libérée, comme si son corps venait de comprendre le danger.

— La petite balayeuse ? Comment vous voulez que je la trouve ?

— Tu as le contact avec la police, j'ai lu ton article. Quelqu'un t'informe. Dans les autres papiers, il n'y avait rien. Trouve-la, et je te donne mon histoire.

— Qu'est-ce que vous lui voulez ?

À nouveau, il a parlé trop fort, mais l'homme n'a qu'un regard à lui lancer pour qu'il se mette à chuchoter.

— C'est quoi le truc ? Vous allez la tuer ?

— Mais non.

La voix est lasse, le ton, de l'évidence. Ils se regardent, le long jeune homme anxieux et astucieux qui a beaucoup perdu de sa superbe depuis qu'il est entré dans la vie professionnelle, et le tueur en cavale fatigué. Ils scellent leur accord à cet instant.

Des pensées fusent dans l'esprit de Léan, aussi fugitives que des hirondelles dans un ciel de printemps. Est-ce qu'il risque de me tuer ? Il est sans doute armé. Il a tué quelques jours auparavant. Il a tiré sur un homme désarmé. Je l'ai vu faire. Est-on encore de la même espèce ? se demande-t-il. L'autre se prête à l'examen, des rides de sourire au coin de ses yeux clairs. Des grandes mains solides et longues. Qu'est-ce qui distingue un tueur d'un innocent ? Est-il lui-même un innocent ? Simplement un civil ?

Léan se secoue. Il a tendance à laisser dériver ses pensées quand il est soumis à un stress intense, c'est un de ses travers. Quand on lui a dit que

Mélie était morte, il est parti dans des digressions sans fin sur la vitesse de la moto par rapport au poids du véhicule, il a fait et refait des calculs qui lui paraissaient logiques, dans l'espoir de parvenir à une solution où ce qui était arrivé ne serait pas arrivé. Est-il prisonnier ? se demande-t-il enfin.

— Mais pour la trouver, il faudra que je sorte.

— Oui.

— Je pourrai sortir librement ?

L'autre hausse les épaules.

— Oui.

— Oh.

Il réfléchit.

— Vous avez son nom complet ?

— Reine Fuente Lupa.

Machinalement, Léan a tiré son carnet et noté les trois mots. Il mitraille, par réflexe :

— Elle a de la famille ?

— Non.

— Une connaissance qui pourrait l'héberger ?

— Non.

— Eh bien, ça risque d'être compliqué.

— Tu vas la trouver.

— Je peux essayer. Je promets rien. Comment on procède ? Où je peux vous joindre ?

— Je serai ici.

Léan voit comme de l'extérieur la tête indignée qu'il présente à cet instant et qui le fait ressembler à son père, ce perpétuel dindon de la farce. Un grand découragement le prend. Le tueur sera ici, donc…

— OK, fait-il en se massant le plexus. Sa gorge le brûle, il a mal à plusieurs endroits du corps. Vous serez ici. Coauteurs et colocataires alors ? tente-t-il de plaisanter.

— Je vais dormir, maintenant.

L'homme prend un oreiller, le pose par terre, s'allonge à même le sol et ferme les yeux. Léan, hésitant, propose :

— J'ai un matelas de camping.

L'homme grogne une réponse négative, les yeux fermés. La porte est là. Il pourrait sortir, il aurait le temps. Il se demande où l'homme garde son arme, puisqu'il en a une, c'est certain. Il se lève, pour voir ce qui va se passer. L'homme ouvre les yeux et le regarde. Léan sort son téléphone de sa poche, le pose sur la table, puis il enlève ses chaussures et se rassied. Le tueur referme les yeux. Il tire son ordinateur de sa sacoche et tape le nom de Reine Fuente Lupa. La respiration de l'inconnu se fait plus lente, plus régulière. Il dort vraiment, ce con.

Au matin, Léan a prétendu qu'il devait aller au Journal pour faire ses recherches, mais il avait surtout besoin d'être seul. Le tueur occupe tout l'espace de la chambre sous les toits. Par son odeur. Par son existence même. Il se déplace pourtant avec précaution, ses gestes sont mesurés et il est le plus souvent silencieux, mais il emplit les lieux comme il emplit l'esprit de Léan.

Il laisse un message à Carbo en prétendant qu'il est malade et qu'il travaillera de chez lui, joignable de préférence par mail, puis il s'installe dans un café, à l'intérieur, son ordinateur et ses deux téléphones sur la table. Depuis qu'il est arrivé, il n'a pas bougé ; il réfléchit, absorbé dans sa rumination malgré le brouhaha ambiant, tandis que son café refroidit. Une pensée finit par éclater comme une bulle au centre d'un étang : il n'ira pas chez les flics. Pas pour l'instant, en tout cas. Voilà tout le remous qu'aura provoqué sa longue méditation.

Léan se remet en mouvement, vide sa tasse tiède avec une grimace et appelle David, qui répond immédiatement. Le gars que tu cherches est dans ma chambre, pense Léan tout au long de la conversation, en demandant à la place :

— Du nouveau dans l'enquête ?
— J'en sais rien.
David semble passé à autre chose.
— Dis juste, est-ce que tu sais où est Reine Fuente Lupa ?
— C'est quoi ça, Reine Fuente machin ?
— La femme qui balayait, pendant le meurtre.
— Le témoin ? Mon gars, aucune idée. Nous on cherche l'auteur, si tu comprends un peu le principe.
Haha, drôle, pense Léan avec exaspération, forçant un petit rire.
— Tu pourrais pas demander pour moi au groupe qui a l'enquête ?
— Et puis quoi encore ? fait David qui, bon prince, lui jette néanmoins quelques pistes. C'est pour un article ? Cherche si elle a de la famille. (Merci, brillant, grince Léan intérieurement.) Un ou une amie ? Sinon, elle doit être dans un foyer pour femmes.
Léan raccroche, agacé de ne pas y avoir pensé seul, et tape « foyer pour femmes Champigny » puis « foyer pour femmes 94 ». Il y en a plus d'une dizaine pour le seul département et elle peut aussi bien avoir trouvé une place dans l'Essonne, en Seine-Saint-Denis… Il se doute qu'on ne lui répondra pas au téléphone s'il la demande par son nom. De qui se cachent-elles, ces femmes, si ce n'est d'un homme ? Seule solution : récupérer les PV du dossier en flagrance et espérer que l'adresse y figure. Léan ne connaît personne à l'antenne criminelle saisie de l'affaire. Restent les avocats. Il contacte le parquet et obtient le nom du conseil de la partie civile, c'est-à-dire la mère et une sœur de la victime.

— C'est tout ? Il y avait aussi un témoin du meurtre, elle a certainement été entendue. Elle ne s'est pas constituée ?

— C'est tout ce que j'ai, répond la secrétaire pressée.

Il fait des recherches en ligne. Il s'agit d'un petit cabinet dans le 9e arrondissement dont il n'a jamais entendu parler, deux collaborateurs, une adresse obscure. Il envoie leur nom à son amie Élisa, qui ne les connaît pas. Résigné, il compose le numéro et, de sa plus belle voix de radio, demande à parler à Me Askolovich.

— Lui-même.

Un avocat qui répond directement, ce n'est pas bon signe. Léan se présente et l'autre, sans même lui demander ce qu'il veut, l'interrompt.

— Passez me voir au bureau demain, à 11 heures, nous discuterons.

Il a déjà raccroché. Le serveur veut encaisser, il a fini son service.

Il remonte les escaliers, lentement. Peut-être que le tueur est parti ? Il ne sait pas s'il l'espère. Ce serait plus simple, mais décevant aussi, d'une certaine façon. Il arrive au dernier étage. On entend de la musique derrière la porte d'une autre chambre. Léan s'arrête devant la sienne. Au moment d'entrer sa clé dans la serrure, il hésite, puis frappe un petit coup, pour prévenir. Et si le tueur, surpris, faisait feu ? Il écoute, n'entend rien. L'homme est parti. Léan ouvre la porte.

Au milieu de la pièce, Marco, vêtu seulement de son jean, les pieds et le torse nus, se tient face à lui, mains largement écartées du corps, complètement immobile. Un homme traqué.

— Me voilà, dit Léan bêtement. Je suis seul, se sent-il obligé d'ajouter.

Lentement, Marco baisse les bras. Lentement, Léan referme la porte derrière lui. Ils évitent de se regarder à présent, gênés d'avoir été, l'un et l'autre, si étroitement dépendants pendant un instant. Marco enfile sa chemise. Léan fait couler de l'eau.

— Vous voulez un café ?

— Oui.

Ils vont et viennent dans l'espace contraint, sans se frôler, s'évitant même assez gracieusement.

— Du sucre ?

— Merci, non.

Le glouglou de l'eau dans la petite cafetière italienne. Le liquide bien noir dans les deux tasses Ikea. Léan s'installe à la table, côté cuisine. Marco, sur le lit, les jambes écartées, les pieds toujours nus. Le café est brûlant.

— Alors ?

— Je cherche. J'ai rendez-vous demain avec l'avocat de la mère d'Igdir Negezi.

Marco hoche la tête.

— Alors, vas-y, commence. Qu'est-ce que tu veux savoir ?

— Vous êtes un tueur à gages ?

À travers le silence qui s'installe, on entend encore la musique depuis la chambre voisine. Un léger brouhaha de voix qui monte depuis la cour. Le bruit lointain de la ville par les velux entrouverts, klaxons, moteurs, sirènes, travaux. Puis Marco répond que oui, il est un tueur à gages, et c'est un choc pour Léan que ce soit formulé.

— Question suivante.

— Je sais pas. Il réfléchit. Racontez-moi la première fois.

Il a hésité et n'a pas osé dire meurtre, comme pour ne pas le vexer.

— Mon premier contrat ? Si tu veux. Mais pour que tu comprennes, il vaut mieux que je commence par le commencement. Dans un livre, t'en auras besoin.

Léan sort son téléphone.

— Non, l'arrête Marco.

— Je peux pas enregistrer ?

— Non.

— Prendre des notes ?

— Ça me gêne pas.

Léan enclenche discrètement l'enregistreur de son iPhone tout en le rangeant dans sa poche, et sort un cahier. Marco se met à parler. Sa voix est basse, atonale, son accent corse seulement perceptible par instants, à la fin de certains mots.

— Je viens d'un petit village des montagnes, dans le Haut-Nebbio, tu regarderas ça plus tard dans ton ordinateur. J'ai été élevé par mon grand-père, qui était berger. À sa mort, j'avais quinze ans et je suis devenu un genre d'homme à tout faire pour des voyous et pour des militants indépendantistes. Parfois c'étaient les mêmes, pas toujours. J'étais la recrue idéale. J'étais seul, libre, et costaud. J'ai fait beaucoup de conneries.

À quinze ans, Marco était déjà un homme quand il a trouvé son grand-père couché en chien de fusil alors que le carré de lumière qui se déplaçait tout le jour dans leur pièce nue frappait son propre lit ; il n'avait jamais dormi aussi tard. Cela voulait dire qu'il était 10 heures, et 10 heures sonnent en effet à l'instant au clocher de Soccia. Le grand-père était mort.

— Quoi comme conneries? fait Léan, qui note à toute vitesse.

— J'ai fait flamber des restaurants sur les plages de la côte. J'ai fait de la contrebande. J'ai braqué une gendarmerie.

— Quand, où?

Un éclat bleu glacier se pose sur lui.

— Arrête de m'interrompre. Tu poseras tes questions après.

Je trouverai bien la date plus tard, se console Léan.

— À la gendarmerie, on a volé des armes, des uniformes, des pare-balles et des cartes professionnelles. On a fait ça en plein jour. On est arrivés à moto et en camionnette, on a traversé le village à l'heure de la sieste. On a pris le planton en otage. Ils se sont laissés faire, on n'a pas eu besoin de tirer une balle.

Il se tait, Léan tente de se représenter la scène et oublie la consigne, mais cette fois, Marco n'en prend pas ombrage.

— Ça vous a fait quoi? Vous aviez quel âge? Vous avez eu peur?

Marco réfléchit.

— Quinze, seize ans. Je n'ai pas eu peur. Ce que j'ai eu, c'est un shoot d'adrénaline. Je me suis senti vivre. Dans une opération, il y a un moment de silence absolu qui s'installe en toi. Juste avant l'action. À cet instant, tu ne fais rien d'autre que vivre. Tu es complètement présent au monde. Attention, c'est pas une connerie hippie. C'est physique, c'est expliqué dans des études médicales. Pas sur les voyous, mais sur l'adrénaline. C'est la sensation physique la plus pure, la plus forte que je connaisse. Plus que le sexe. On est tenté de vouloir recommencer, après.

La vague, lorsqu'elle arrive sur toi. Cet instant, quand tu saisis ta petitesse, ton infinie petitesse au regard de la puissance de la mer, mais que tu y vas quand même. Le silence se fait en toi, tu n'es plus rien qu'un corps vivant, profondément, entièrement, vivant. Léan hoche la tête, et le regrette aussitôt, mais l'autre a vu.

— Tu connais ça, toi aussi.

Léan rechigne à le reconnaître.

— Je crois que je vois. Mais ça ne dure pas.

— Non, lui accorde Marco, ça ne dure pas. Bon, ensuite, les armes volées ont servi à commettre un assassinat. Mes empreintes ont été retrouvées dessus et j'ai été jugé des années après, par contumace, en même temps que les vrais tueurs. J'ai été condamné à vingt ans de prison.

— Pour Gentellini ?

— Ah, tu sais ça ?

Le regard transparent est fixé sur lui, pensif.

— J'avais déjà franchi plusieurs frontières et changé d'identité, au moment du procès. Mais je voudrais que tu saches que de ça, je suis innocent.

— Ah.

— Tu ne me crois pas ?

Léan ne sait pas quoi répondre. Ça change quoi, ce qu'il croit ?

— Je travaillais pour Gentellini. C'était quelqu'un de bien. Il voulait réintroduire l'*Equus corsi*, une race insulaire presque disparue. Il disait qu'avant, jusqu'au XVIIIe siècle, on en trouvait des troupeaux sauvages. Il paraît que c'est là-dessus que Napoléon a appris à monter. Ça me plaisait de penser à ça, à des troupeaux sauvages, au passé de l'île, ça me faisait rêver. J'étais encore un peu môme. Mais les patriotes en avaient après lui.

— Comment le saviez-vous, ça ? le relance Léan.

Marco a l'air réticent, Léan ose insister :

— Écoutez, si je dois raconter votre histoire, faut que je comprenne. C'est quoi le lien entre un berger orphelin, des nationalistes, et un éleveur de chevaux ? Faut que je comprenne, répète-t-il obstinément, car c'est le mantra de toute son existence.

Marco hésite encore un peu, puis semble renoncer à quelque chose et reprend la parole.

— À la mort de mon grand-père, le village ne m'avait pas laissé tomber, pas complètement. La famille qui tenait le café et l'épicerie m'hébergeait quand il faisait trop froid. Comme leur commerce servait aussi de cache d'armes et que le frère du patron était un patriote, j'ai été mis au courant de certaines choses et j'ai rendu des services. J'ai connu des secrets et je les ai gardés. On m'a fait confiance. C'est là que j'ai entendu dire que le nouveau venu, Gentellini, cherchait de la main-d'œuvre. Personne voulait travailler pour lui. J'ai postulé, il m'a pris. Il avait pas tellement le choix, j'étais son seul candidat. Mais je connaissais la montagne comme personne. Il m'aimait bien. Voilà. Je savais que les patriotes en avaient après lui parce qu'ils se gênaient pas pour en parler devant moi. J'ai essayé de le prévenir, mais je n'ai pas réussi. À sa façon, c'était un homme courageux. Il avait ses idées sur les choses. Il a pas compris les messages. Ou il a fait semblant de pas comprendre. J'ai tenté de lui faire peur.

— Pourquoi ?

— Parce que… j'aimais les chevaux. J'aimais ce travail. Je savais qu'il n'était pas mauvais. Je lui ai conseillé de partir. J'ai cloué moi-même les oreilles d'un cochon sauvage sur la porte de chez lui. J'avais vu ça dans un film… J'ai incendié les abords de sa propriété. J'ai tagué sa grange. Rien n'a marché.

— Quel film ?

— Putain. Fais tes recherches. Je sais plus quel film.

— OK, OK.

L'homme est décidément irascible.

— Donc le premier meurtre dont j'ai été accusé, je ne l'ai pas commis, répète Marco. Mais avant ça, j'avais déjà tué.

« Ce sont des feux de la nature », lui avait dit son grand-père alors qu'il était encore tout petit, une nuit dans le maquis. Il l'avait réveillé et lui avait montré, sur l'autre versant de la vallée, les lueurs rouges qui emplissaient la nuit d'une magnifique vibration alors qu'autour d'eux flottait l'odeur humide du sous-bois. Marco entendait le bruit habituel des bêtes qui ne dorment jamais tout à fait. Mais le chien était bien éveillé et regardait, lui aussi, les flammes dans le lointain. Son grand-père lui avait enseigné la différence entre les foyers spontanés de l'été, qui soignent la forêt, créent des ouvertures dans la canopée favorisant la croissance de nouvelles pousses, et ceux déclenchés par les hommes, nombreux ces années-là.

Plus tard, dès l'âge de quatorze ans, Marco a participé à son tour, pour le compte de ceux qu'il appelait les patriotes, à ces mises à feu visant des terrains appartenant à des Français du continent. On lui indiquait le lieu, ça cramait dans la nuit. L'année d'après, ils sont descendus brûler des paillotes. Marco se sentait mal sur la côte, vulnérable mais exalté aussi, sur les étendues de sable, devant l'éblouissante beauté de la mer. Il était plus à l'aise à couvert, dans l'obscurité, sous la voûte refermée de la forêt, avec pour tout horizon le panorama dentelé du Monte Grosso, les pics noirs sur lesquels viennent se briser les nuages, et il préférait le vol farouche des aigles rocheux à l'agitation criarde et duveteuse des mouettes. Il lui faudra des années avant de pouvoir marcher sur la plage pieds nus, quelque part sous les tropiques, ensuqué de chaleur et d'alcool, de sucre, de fièvre, en s'y sentant chez lui. À quinze ans, il n'aime et ne connaît que le maquis frais, sec, brûlant, sombre, les rivières cascadeuses et glacées, la terre hérissée de roche tranchante.

Il est monté en gamme. Après les terrains et les granges, après les paillotes, on lui a demandé de brûler la maison – elle est vide, *baulu* ! – d'un Parisien. Il y est allé, seul. Est-ce qu'il vient acheter des bouts de Paris pour y faire construire des maisons, lui ? Non. Chacun chez soi, l'idée lui semble simple et juste. La Corse aux Corses, c'est difficile à objecter, pense-t-il. Le continent, c'est les gendarmes, le préfet qui veut réglementer l'élevage et met des bâtons dans les roues à son grand-père, c'est le maître d'école qui l'emmerde. Il enflamme donc sans scrupule un petit tas de broussaille, sachant que ça va embraser la vaste mer de buissons desséchés qui entoure la propriété. Ça lui fait peine, à vrai dire, de les sacrifier. Au printemps, ces arbustes hostiles se couvrent de fleurs et se changent en un océan de bleu au-dessus duquel fredonnent des centaines, des milliers d'abeilles, de bourdons et de papillons affairés et heureux, en un halo dansant. Dès qu'il aura jeté son allumette, tout cela disparaîtra. Il le fait, pourtant, et son cœur se serre tandis que montent les flammes dans la nuit la plus noire de l'année, sans lune et sans étoiles, il l'a choisie pour ça. Le feu éclaire le monde, il en ressent une brève jouissance, avant qu'un souffle brûlant le fouette au visage, comme une gifle de la montagne blessée. L'incendie prend, que le vent pousse comme prévu vers la maison. Quelques heures plus tard, depuis l'ombre du sous-bois, Marco regarde les pompiers et les gendarmes lutter en vain pour le maîtriser.

Il faudra quelques jours avant qu'il apprenne que la maison était occupée. Il dort encore quand son grand-père entre dans la bergerie. Le vieil homme ne pose pas de questions. Il sait que c'est Marco. Il l'a vu revenir l'autre nuit, sentant le soufre et la fumée ; il n'a rien dit alors. Mais aujourd'hui, les gendarmes sont au village, et ce ne sera pas une enquête comme les autres, vouée à l'échec, menée mollement, dans la mauvaise humeur des uns et la réticence des autres. Car il y avait un homme, un gardien marocain si timide et solitaire que tous ignoraient sa présence. Il vivait là, pourtant, dormant par terre dans le garage. La porte automatique ne s'est pas ouverte, le système avait fondu avant qu'il trouve le bouton, étourdi, aveuglé par la fumée. Désorienté, il n'a pas atteint la porte arrière, il est mort en grattant le sol de terre battue. On raconte qu'il n'avait plus d'ongles.

Son grand-père ne prend donc pas la peine de poser de questions, puisqu'il connaît les réponses. Il entre dans leur pièce, referme la porte derrière lui, vient vers Marco qui ouvre une paupière en l'entendant approcher. Il soulève à pleines mains le corps de son petit-fils et le jette sur le sol. Il est fort, malgré l'âge, Marco n'a aucun doute là-dessus. Aussi à peine a-t-il touché le sol que l'adolescent se rassemble comme un chat et bondit vers la sortie, pas tout à fait réveillé mais fuyant la raclée qui s'annonce avec toute son énergie. Son grand-père le rattrape d'une main, le fait pivoter et, de l'autre, lui envoie un puissant uppercut. Marco n'a pas été élevé qu'avec des caresses, mais c'est la première fois que le vieux cogne le poing fermé. Sa tête part en arrière, sa nuque se plie en deux, ses pieds décollent et un voile descend sur ses pensées. Il est presque inconscient quand il retombe sur le dos. Le reste, une tempête de coups, vague ininterrompue de douleur, lui passe sur le corps sans qu'il tente plus rien, essayant juste, par instants, de protéger son visage et son ventre. Puis il perd vraiment connaissance.

Après l'avoir roué de coups, son grand-père l'a soigné, puisqu'il était tout ce que le gosse avait et que le gosse était tout ce qu'il avait. Il l'a recouché, a pansé ses blessures, ses coupures, l'a veillé dans son délire. Il a fallu deux jours avant que Marco revienne à lui, encore un pour qu'il parvienne à se lever sans aide pour aller pisser – rouge, au début. Son corps n'était qu'une plaie. Il avait une dent cassée, sans doute des côtes aussi. Son grand-père l'a nourri, lavé, pendant des semaines, tandis que ses bleus passaient du noir au jaune, comme des fleurs sur sa peau.

Quand il a pu le faire à nouveau, il a recommencé à sortir les bêtes, le grand-père se chargeant du ravitaillement au village, le temps que Marco soit présentable. Les gendarmes étaient sous pression, un nouveau ministre de l'Intérieur avait promis que l'ordre régnerait désormais en Corse. Ils avaient raflé des jeunes, puis ils avaient raflé des vieux. Ils les avaient interrogés, des gifles étaient tombées, des coups de bottin, des menaces. Des chantages, des promesses, des marchés avaient été proposés, refusés, réitérés, améliorés. Ils avaient remonté une piste, puis une autre. Ils avaient mis des femmes en garde à vue, les avaient menacées de les priver de leurs enfants. Il y avait eu des pleurs, des cris, des évanouissements. Derrière les hauts murs de pierres et les volets fermés, le village était enfiévré de colère.

Il leur fallut des semaines pour arriver jusqu'à la bergerie. Comme s'il savait qu'ils allaient venir et qu'il les attendait ce jour précisément, le vieux était assis devant la porte, sur le tronc coupé qui lui sert d'habitude à regarder tomber la nuit, et il taillait un morceau de bois avec son vieux couteau en surveillant le chemin de terre par lequel ils sont sortis de la forêt.

Ils sont arrivés à pied, un peu essoufflés ; le sentier montait raide, la sueur leur collait le calot au front. Ils avaient dû se garer dans la dernière boucle et Marco a deviné qu'ils en avaient laissé un pour surveiller leur véhicule. Ils ont approché d'un pas lent et circonspect, regardant autour d'eux, s'imprégnant de ce qu'ils voyaient, tâchant de se faire une idée.

— Bonjour, je suis le commandant Leclerc et voici le major Delaume. Nous enquêtons sur le meurtre de Mohammed Bouhaf. Pouvons-nous discuter un peu ?

Le grand-père a simplement levé le menton, le gendarme a décidé de prendre ça pour un oui.

— Vous êtes Leo Masetti ?

À nouveau, un mouvement de menton. Le vieux continuait de tailler son bâton, les chèvres d'aller et venir, et le berger tacheté couché à quelques mètres gardait ses yeux vairons fixés sur les inconnus. Le regard clair, transparent, du vieux ne croisait pas celui des pandores.

— Vous vivez ici ?

Le vieux n'a pas répondu, alors c'est Marco qui a pris la parole.

— Pendant l'estive.

— Et vous êtes ? a fait le gendarme, en se tournant vers lui.

— Marco Leccia.

— C'est mon petit, a lâché son grand-père.

— Vous habitez ici ? a répété le gendarme.

— Pendant l'estive, a répété Marco, se demandant s'il était sourd.

— Avec votre père, je veux dire.

— Mon grand-père.

— Il est avec moi. C'est mon petit, a répété le vieux.

Sur le visage et le corps de Marco, on voyait encore les auréoles jaunâtres laissées par les coups. Et la cicatrice à son menton, couverte d'une croûte noire.

— Méchant coup, ça.

Marco a haussé les épaules.

— Je me suis pris une gamelle.

— Une gamelle ou une dérouillée ?

— Il est pas né celui qui me dérouillera, a fait Marco en bombant la poitrine.

Le gendarme a hoché la tête.

— Donc, comme je disais, on cherche des témoignages qui nous aideraient à attraper ceux qui ont condamné un homme à mort en l'asphyxiant.

— On n'a rien vu ici.

— Rien vu rien entendu, a répété le plus jeune des deux gendarmes, sarcastique.

— Les légistes disent qu'il a mis dix-sept minutes à mourir, a repris l'autre. C'est une des morts les plus douloureuses qui soient, apparemment.

L'estomac de Marco s'est tordu, mais son visage est resté impassible, tout comme celui du vieux, et leurs yeux jumeaux transparents n'ont rien perdu de leur clarté. Ils n'ont pas répondu, ils n'ont pas bougé, ni l'un ni l'autre.

— Ça m'aurait étonné, a grommelé le jeune.

Mais le plus âgé des gendarmes a demandé :

— Tu as quel âge ?

— Quinze.

— Tu es scolarisé à Cercovate ?

— J'ai arrêté le collège.

— Ah oui ? Tu es au courant que c'est obligatoire jusqu'à seize ans ?

— Bah, c'est eux qui voulaient plus de moi, a lâché Marco.

— C'est pas la question, la loi c'est la loi. L'école, c'est jusqu'à seize ans. Vous êtes son tuteur légal, monsieur ?

Le vieux a posé ses mains puissantes et larges comme des battoirs sur ses genoux écartés :

— Vous allez me chercher des poux parce que mon petit-fils a arrêté l'école deux mois avant la date, au lieu d'essayer d'arrêter votre assassin ?

— Pour arrêter l'assassin, il faudrait un peu de collaboration, mais ça semble intéresser personne. Et puis on est là pour faire respecter la loi, toute la loi.

— Si ça vous fait plaisir, il y retournera jusqu'à la fin de l'année mais enfin, le petit est mieux avec les bêtes que dans une salle de classe. Il a appris la lecture et l'écriture, qu'est-ce que vous voulez qu'il fasse du reste ? Qui emmènera les bêtes à la pâture ? Je me fais vieux, j'aimerais lui transmettre le métier avant de plus en être capable.

Marco n'avait jamais entendu son grand-père parler autant.

— C'est pas notre problème ça ; ou il retourne au collège, ou on l'embarque.

— Il ira demain, a lâché le vieux, qui a baissé les yeux, comme pour les chasser de son horizon...

— Et c'est quoi qu'il a au visage ? s'est enquis le gendarme.

— Je me suis pris une branche dans le maquis, a soufflé Marco.

— Une branche, a répété le grand-père.

— Une branche, a fait le pandore en écho.

Les deux gendarmes ont semblé renoncer en même temps.

— En tout cas, pensez bien à ce que je vous ai dit pour l'école. On reviendra vérifier.

Le grand-père n'a même pas levé les yeux. Ils ont fait demi-tour et ne sont jamais revenus. Marco et son grand-père n'en ont pas reparlé. Marco ignore ce que son grand-père a dit à la section locale du FLNC mais il est retourné trois mois au collège et on ne lui a plus rien demandé jusqu'à la mort du vieux.

L'enquête s'est enlisée. Après tout, qui en avait vraiment quelque chose à foutre, d'un gardien mort en cherchant son oxygène, grattant la terre battue de ses ongles au point de les déchirer, de les arracher, de les retourner ? Qui, à part Marco qui s'éveillait chaque nuit en suffoquant, cherchait son oxygène lui aussi et trouvait à côté de lui son grand-père, assis sur sa couche, tout près, qui disait juste « *Hush mi figlio, dorme* ».

C'est passé, puisque tout finit par passer. Son

grand-père est mort. Marco s'est retrouvé seul entre les pics acérés du Monte Grosso, avec pour toute compagnie le vrombissement des insectes l'été, le chant du rossignol appelant sa femelle sous les chênes la nuit, les rêves des bêtes de son troupeau, leur respiration, le piétinement de leurs pas jusqu'au cœur du sommeil. Seul, si seul à écouter la vallée vivre et respirer, si seul que son cœur gonflait à éclater, le laissant essoufflé. Chaque jour ou presque il retournait au cimetière chercher le berger tacheté et à moitié aveugle du vieux, couché sur sa tombe, et il devait le traîner par son collier. Il a fini par renoncer et il descend à présent lui porter ses restes. Il mène les bêtes sans lui. Les nuits ont fraîchi après quelques semaines de chaleur abrutissante, vibrante, stridente.

Un matin, Marco descend le troupeau jusqu'à Balogna, marchant d'un bon pas sur la route à l'asphalte éclaté où les bulles de goudron ont gonflé puis crevé, laissant des crevasses. Les voitures klaxonnent, il s'en fout, il marche et ses bêtes trottent. À la foire de Balogna, il les vend toutes puis il entre dans le premier troquet et, avec l'argent, il se saoule jusqu'à ce qu'on le foute dehors. Il dort dans le caniveau, une tache de vomi séché sur la joue, pleurant et frissonnant, même s'il fait moins froid en bas que là-haut, sur la montagne. Quand il se réveille, à peu près lucide malgré la douleur qui lui barre le crâne, il a dit adieu à son enfance.

Elle est allongée sur un lit d'hôpital et la forme de son corps soulève à peine le drap. Un tuyau est piqué dans une veine, au tendre du bras, entre deux traces de brûlure de cigarette. Elle porte, sous la chemise d'hôpital, une culotte en filet qui retient deux énormes bandes de coton gorgées de sang. Au début, il a fallu les changer souvent. À présent, le sang se tarit. Elle en a tant perdu. L'ambulance est arrivée rapidement, elle a vu les regards scandalisés que les pompiers lançaient à Laurence et au jeune flic pâle, choqués à l'idée qu'ils l'avaient peut-être battue. Laurence n'a pas pris la peine de se défendre mais le jeune n'a pu s'en empêcher. « Oh, c'est moi que tu regardes comme ça ? » Petit coq penché en avant, prêt à en découdre. Laurence s'est interposée entre son collègue et le pompier avant qu'ils en viennent aux mains. L'incident les a retardés pendant qu'elle divaguait sur la civière.

Elle avait su presque tout de suite qu'elle était enceinte. Un matin, réveillée à l'aube sur le lit d'Igdir, elle avait ouvert les yeux et elle avait su, aussi simplement que ça, qu'il y avait dans son ventre une créature s'efforçant de trouver son chemin, une chose sans regard mais non sans volonté, la volonté têtue, bornée, obtuse de la vie brute, la vie qui rampe hors des océans sans savoir ce qu'elle trouvera sur la terre ferme, la vie qui grimpe, qui monte, qui avance. Son ventre était complètement plat encore, et même creux entre les os des hanches qui poussaient vers l'avant, comme aspiré vers sa colonne, impeccablement lisse. Mais à l'intérieur, il y avait quelque chose, et son propre cœur battait déjà d'un rythme changé, son sang riche, alluvionnaire, charriant des sédiments vers l'enfant à venir, un enfant qu'elle portait comme une graine dans son corps torturé, un enfant qui n'en était pas encore un mais dont elle avait senti l'existence, qu'elle avait senti bouger, elle en était certaine, des mouvements légers d'insecte, aveugles, des battements d'ailes de libellule, des volettements de papillon, l'infinie délicatesse de ses moignons translucides qui s'élançaient vers l'infini, tâtaient l'espace autour d'eux, rétractiles comme les cornes d'un escargot, à la découverte de ce tout premier univers rouge, sanglant, fait de creux et de replis. Elle n'en avait parlé à personne et elle a prié avec rage pour qu'il ne soit pas d'Igdir.

— Pourquoi vous lui avez pas fait un test ? s'exaspère le jeune flic.

— On fait pas un test de grossesse à toutes les femmes qui passent entre vos mains, répond l'interne, celui qui l'a examinée à son premier passage aux urgences.

— C'est bien dommage, parce qu'elle s'est vidée de son sang après être passée entre les vôtres, de mains.

Elle entend la colère dans sa voix. Elle referme les yeux quand la porte s'ouvre, mais pas assez vite. Laurence est sur le seuil et son collègue, juste derrière elle, la regarde l'air mécontent.

— Bonjour Reine, vous ne dormez pas ?

Reine rouvre les paupières et tourne lentement la tête. Le monde tangue et, devant ses yeux, dansent des formes noires. Si elle se levait, elle perdrait à nouveau connaissance.

— On ne va pas reprendre l'entretien maintenant, bien entendu. On voulait juste s'assurer que ça allait.

Reine hoche la tête.

Elle est seule dans la chambre. Les bruits de l'hôpital, l'acidité de l'air, les roulettes sur le lino, les sabots en plastique, les conversations confuses, pleines de sigles et d'acronymes, l'odeur chaude de la nourriture. Au moment où elle se dit qu'elle a faim, une jeune femme aux longues tresses entre, apportant un plateau. Elle l'aide à se redresser. Reine est tellement faible, elle sent qu'elle part en arrière.

— Ouh là, ouh là, doucement, posez votre tête, là là là, fait la femme qui l'aide à se rasseoir, ça va ? Ça tourne encore ?

Reine a l'impression qu'elle glisse à l'intérieur d'elle-même, comme si son âme sur un toboggan dévalait à toute vitesse vers ses pieds, avalée de l'intérieur. Le noir.

— Ça va mieux ? Vous avez encore fait un malaise vagal.

Elle reprend conscience. L'odeur de la jeune femme lui emplit le nez, une crème, l'huile dans ses nattes, son haleine, la lessive sur sa blouse rêche. Reine est couchée en chien de fusil sur le côté droit, les pieds surélevés par un coussin.

— Ça va mieux ? répète l'aide-soignante. Je vais vous aider à vous redresser. Il faut manger, il faut se forcer, vous êtes complètement dénutrie. Vous avez 8 de tension.

Reine a un geste épuisé.

— Si vous voulez faire du bien à ce bébé, il faut s'occuper de vous maintenant.

Car bien qu'elle ait perdu énormément de sang, elle n'a pas perdu l'enfant. Par un mouvement réflexe, elle pose la main sur le bas de son ventre. Elle parvient à s'asseoir, assure être capable de manger seule et, après le départ de la jeune femme, découpe sa boule de pain en tout petits morceaux qu'elle tartine de confiture, verse de la crème et du sucre dans son café et, avec application, les absorbe, ses pensées fixées sur la créature : prends, c'est pour toi. Les bouchées réduites en bouillie coulent dans son ventre, les unes après les autres. Prends, et ne sois pas d'Igdir.

La matinée est déjà avancée lorsqu'il est réveillé par une odeur de café. Marco, assis bien droit sur le tabouret côté cuisine, en sirote une tasse, le regard toujours fixé dehors, sur le ciel. Il semble deviner que Léan ouvre un œil car il dit, sans tourner la tête :

— Sers-toi.

Trop aimable, pense Léan, je suis quand même encore chez moi. En caleçon, grognon et mal réveillé, il obtempère pourtant.

Un peu avant 11 heures, ayant à nouveau laissé Marco seul, il fonce à son rendez-vous chez l'avocat. Des centaines de notifications et un texto d'Élisa (« Tu fous un de ces bordels », suivi de trois smileys qui rient aux larmes) clignotent sur l'écran de son téléphone. Dans le métro, il consulte les statistiques de son papier sur les avocats et constate qu'elles se sont envolées. Il n'a toujours pas de nouvelles de Carbo, malgré la virulence de la contre-attaque en ligne des équipes du garde des Sceaux. Il espère que c'est bon signe. Il lui envoie un message : « Guéri, rdv à l'extérieur ce matin, serai là au déj », vérifie son deuxième portable et sauvegarde sur le cloud les enregistrements de Marco – *Confidences d'un tueur à gages*, est-ce que ça fait un bon titre ? Combien de pages Carbo lui laisserait-il pour un article pareil ? Léan se demande la tête qu'il fera quand il lui en parlera. Il monte dans la rame en scrollant les dépêches AFP. Le ministre de la Justice va donner une conférence de presse et l'Élysée n'a pas de commentaires, mais des milliers d'internautes, eux, ont quelque chose à dire.

Arrivé à destination, il trouve rapidement l'immeuble étroit de l'avocat. Deuxième étage, ascenseur en panne, pas de secrétaire. Le cabinet ressemble à celui d'un généraliste qui recevrait sans rendez-vous. Un jeune couple est installé dans la salle d'attente. La fille, les jambes passées sur les genoux de son compagnon, pleure sans discontinuer tandis qu'il lui chuchote fiévreusement à l'oreille des paroles rassurantes. Ils s'interrompent à peine à l'entrée de Léan qui, après une hésitation, prend une chaise inconfortable et pose sa sacoche sur ses genoux. Une jeune avocate vient les chercher, Léan l'interpelle, est-ce que Me Askolovich est là ? Rogue, elle répond que s'il lui a donné rendez-vous, c'est sans doute qu'il est là.

Le parquet de ce vieil appartement vermoulu fait finalement entendre un craquement. Un homme roux en pull vert bouteille, avec des lunettes comme des loupes, apparaît. Léan déplie son grand corps et voit qu'il met une tête et demie à l'avocat qui constate d'ailleurs platement la même chose :

— Vous êtes grand.

Léan sourit pour se faire pardonner et le suit dans son bureau. La pagaille habituelle, des dossiers de toutes les couleurs s'empilent sur le sol, sur les chaises, contre les murs, sur les étagères mal posées, qui ploient. Une cheminée au manteau de marbre grisâtre est couverte d'une collection d'œufs en porcelaine dont la laideur fait tomber Léan en arrêt. Quand il relève la tête, il croise un fier sourire de propriétaire.

— Magnifique, avance Léan.

— N'est-ce pas ? fait l'autre, radieux. La plupart sont des Limoges, peints à la main. Mais j'en ai de plus étonnants, chez moi. Les plus rares sont au coffre, bien sûr.

Léan cherche une question.

— Et vous faites ça depuis longtemps ?

— Depuis l'adolescence, répond l'avocat, convoquant dans la pièce mal aérée le fantôme d'un jeune homme pâle et fluet, seul dans sa chambre donnant sur une cour obscure qui sent la cuisine. L'image s'impose avec fulgurance : les cernes, quelques boutons séchés la nuit au dentifrice, les livres de poche recommandés par l'école sur une étagère, un jeu d'échecs dans un coin, et les premiers œufs, alignés sur le bureau en contreplaqué, le même depuis le cours préparatoire.

Léan se secoue quand l'avocat l'invite à s'asseoir d'un geste de la main.

— Vous avez voulu me voir car vous enquêtez sur une affaire qui me préoccupe pour le compte de mes clientes, la mère et la sœur de la victime. Elles ont été très... j'hésite à le dire, mais très frappées par le portrait que vous faites du défunt.

Léan grimace.

— Vous savez, il semblerait qu'Igdir Negezi n'était pas un enfant de chœur.

L'avocat a un sourire triste.

— Peut-être, peut-être. Mais mes clientes veulent défendre sa mémoire. Nous envisageons de porter plainte contre votre publication et contre vous en nom propre. J'en suis désolé car j'aime beaucoup votre journal, que je lis toujours avec grand plaisir. Mais il y a des choses qui me chagrinent, pourtant. L'absence totale de respect du secret de l'instruction. J'avoue que je n'arrive pas à m'y faire. Récemment encore, des passages entiers de l'audition de notre garde des Sceaux, dans un article que vous signez. J'ai été un peu choqué. Mais j'imagine que c'est la loi de la presse : trouver l'information qui va faire du bruit. En revanche, fantastique papier sur l'excavation d'un soldat de la Première Guerre dans un champ en Lorraine. On s'y serait cru ! J'ai moi-même commis un petit texte dans une revue historique, je vous le montrerai si cela vous intéresse.

Il a rosi à ces derniers mots, que Léan n'a pas écoutés.

— Vous allez porter plainte pour diffamation ?

— Injure à la mémoire d'un défunt, oui.

— Le journal est défendu par Me Luc-Balmer.

— Oui, je sais.

— Il ne perd jamais.

— Je me dois d'essayer.

Léan le dévisage. Il paraît simple et direct. Sans calcul. Un honnête homme, peut-être.

— Mais vous allez vous faire massacrer.

— J'essaierai de me défendre, répond l'avocat avec un doux sourire.

— Maître, vous comprenez quand même que je ne peux pas masquer les informations que je découvre sur le parent de vos clientes.

— C'est de l'injure.

— Pas si cela participe à la manifestation de la vérité. Le fait qu'Igdir Negezi ait des liens avec le crime organisé peut contribuer à expliquer sa mort.

L'avocat est au supplice.

— Peu importe. Mes clientes sont très touchées et le seraient encore davantage si vous persistiez. Je n'ai pas d'autre solution que de tenter une action.

— Le journal ne va pas renoncer à publier des informations, si elles sont étayées. Et elles le sont.

Le silence retombe. Le ciel est couvert, un orage se prépare. Il faudrait allumer la lumière. Une torpeur descend sur la pièce. Léan relance.

— Comment vous ont-elles contacté ?

— J'ai grandi à Champigny – instantanément, dans l'esprit de Léan, la chambre du fantôme adolescent se transforme en pièce sans charme d'un appartement moderne, avec un plafond plus bas, une fenêtre en PVC donnant sur un jardin humide plutôt que sur une cour, et toujours les œufs – et, bien que j'exerce au barreau de Paris, j'y ai encore des liens. Et puis, je ne suis pas cher, ajoute-t-il avec un petit rire.

— Est-ce qu'on ne pourrait pas trouver comment s'entraider ?

— Je ne vous suis pas.

— On a deux solutions. Dans l'une, vous attaquez, vous perdez, vos clientes sont déçues. Dans l'autre, on se parle, je vous soumets mes infos, ça vous laisse le temps de les y préparer, d'y répondre éventuellement, peut-être de me détromper.

— Mais quel serait l'avantage pour vous ?

— Vous me donnez accès au dossier.

L'avocat paraît scandalisé. On dirait qu'il n'a jamais entendu parler d'une chose pareille.

— Je vous ai dit mon attachement au secret de l'instruction.

— Vous savez, ça se pratique. Je pourrais d'ailleurs récupérer le dossier autrement. Par la police. Par le greffe. Mais je préférerais qu'on se parle. Vous m'aideriez à y voir plus clair. Et on ferait ensemble ce qu'on peut pour écorner le moins possible la mémoire de ce charmant M. Negezi. Je ne sortirais rien sans vous prévenir.

Silence. Léan s'inquiète. Est-il vraiment tombé sur un incorruptible ? Ce serait bien sa veine.

— C'est dans l'intérêt de vos clientes. Je tiendrai parole : je ne publie rien sans vous en parler.

L'autre reste muet.

— Mon journal veut que je mette les bouchées doubles sur cette affaire. Je ne peux pas arrêter.

— Mais pourquoi ? s'exclame l'avocat, au supplice.

En effet, pourquoi le Journal en aurait-il quelque chose à foutre de ce fait divers de grande banlieue qui n'a même pas pour lui d'être un féminicide ?

— Ils pensent avoir repéré les ingrédients qui font la une.

Blablabla, chantonne sa voix intérieure. L'avocat croise les mains, sonné.

— Bon…

Victoire, rugit intérieurement Léan.

— J'imagine que nous pourrions procéder comme cela. Qu'est-ce que vous voulez savoir ?

— Demandez le rapport de flagrance, et les laissez pas vous endormir. Je cherche aussi les coordonnées de la témoin. Reine Fuente Lupa.

— Je vais voir si je les trouve.

— La mère de Negezi vous a parlé d'elle, devine Léan en voyant que le nom lui est familier.

L'avocat fait la moue.

— Une relation qu'elle n'approuvait pas.

— Donc aucune chance qu'elles soient en contact ?

— Je crains que non.

Ils n'ont plus rien à se dire. Le petit homme le raccompagne à la porte et il a l'air plus triste que lorsque Léan est arrivé. Tu avais atteint la trentaine sans te compromettre, c'est déjà pas mal, se dit Léan en dévalant l'escalier.

Léan arrive sur le plateau de la rédaction. Quand sa binôme – elle porte une chemise noire couverte de perles brodées, une jupe ample, noire aussi, et des mocassins en crocodile – l'aperçoit, elle élargit les yeux et chuchote en articulant exagérément :

— *Shitstorm*.

— Je sais, fait Léan, affichant un calme qu'il est loin de ressentir.

Il n'a pas posé sa sacoche qu'à l'autre bout de l'open space, la porte de Carbo s'ouvre à la volée et qu'un long index déplaisamment courbé se pointe sur lui :

— Dans mon bureau.

Léan traverse la salle dans l'indifférence générale.

Carbo ne lui proposant pas de s'asseoir, il reste debout.

— Tu étais où ?

— J'ai été malade, je t'ai dit. Une énorme gastro. Je me suis vidé par tous les orifices.

Carbo recule un peu sa chaise et sort un flacon de gel hydroalcoolique. L'odeur de désinfectant se répand dans la pièce.

— Il y a un souci avec ton article.

— Ça jase, j'ai vu.

— C'est pas bon.

Léan a l'impression de passer un dos-d'âne, son estomac atteint ses talons dans la seconde.

— On l'avait anticipé, non ?

— Pas à ce point. Le ministre est fou de rage ! Des coups de fil ont été passés. C'est remonté au niveau de l'actionnaire. C'est pas bon, répète-t-il.

Léan, affolé, se demande comment jouer cette partie à laquelle il ne comprend rien.

— Pour l'instant, je fais paravent, j'ai pas pour habitude de lâcher mes équipes. Je te laisserai pas tomber.

Étonné par la puissance et la soudaineté de sa colère, Léan tente de se contenir.

— Et tu me laisserais tomber à quel sujet ?

Carbo le dévisage.

— C'est toi qui m'as commandé cet article.

Le regard de Carbo se fait glacial.

— As-tu contacté le ministère pour le contradictoire ?

Léan reste muet, foudroyé.

— On a terminé pour l'instant, Léan.

Léan hésite, ouvre la bouche. Se ravise. L'avenir est un précipice.

— Oui ? fait Carbo.

— Rien.

Il sort. Il n'a pas été assez courageux pour dire ce qu'il pensait, ni assez malin pour voir qu'il était sans doute utilisé dans une manœuvre politique. Il a fait ce qu'il sait faire le mieux, c'est-à-dire fermer sa gueule. *Comme ton paternel, en fait ?* (Toujours la voix de Tiago dans son oreille, et ça le rend fou, parce qu'il n'a pas parlé à Tiago depuis la mort de Mélie, il y a trois ans. Mais après tout c'est vrai, a-t-il fait six ans d'études brillantes, a-t-il accumulé les petits boulots chaque été et pendant toutes les vacances scolaires de sa putain de vie, depuis ses quatorze ans, a-t-il sué tant de nuits blanches sur ses livres pour fermer sa gueule à son tour ? *Karma*, lâche Tiago en entrant dans les vagues glacées.)

Léan retourne s'asseoir à côté de sa binôme, occupée à taper des messages à toute vitesse de ses ongles couleur Bloody Mary.

— Alors ?

— Je suis dans la merde.

— Je t'avais prévenu.

Elle ne l'avait prévenu de rien, mais il est trop démoralisé pour répondre.

— Je pouvais faire quoi ? Ce connard me fait écrire un article, je lui dis que c'est chaud, il insiste, j'écris l'article et quand ça tourne mal, il se retourne contre moi.

— Beaucoup de répétitions dans cette phrase.

— Je t'emmerde.

Elle lui sourit, presque gentiment.

— Je sais bien que t'avais pas le choix. Mais en même temps, ça m'étonne pas que ça soit tombé sur toi.

Il préfère ne pas demander pourquoi ça ne l'étonne pas.

— T'aurais fait quoi, toi ?

— J'aurais obligé Carbo à cosigner. J'aurais exigé qu'on publie une réponse du ministère en encadré. J'en sais rien, mais je serais pas partie comme ça à l'abattoir. Pas toute seule. Je suis pas suicidaire.

Léan se prend la tête entre les mains. Il est désespéré.

— Tu crois que tu vas te faire virer ? veut-elle savoir.

Il se relève.

— Tu vas où ?

— Dis à Carbo que je suis sur le fait div, s'il demande.

— Quel fait div ?

Marco est conscient du bruit de sa respiration, du sol tiède à ses pieds, d'un fourmillement sous sa peau. Le temps s'écoule lentement dans la chambre vide, les heures sont immobiles, comme mortes. Son dos le lance. Il a fait couler comme il a pu de l'alcool que le petit avait sur une étagère au-dessus de son lavabo, entre la mousse à raser et des pansements pour coureur. Il est resté torse nu, pas à cause de la chaleur, mais parce que le contact du tissu sur la plaie lui est devenu insupportable.

Le studio est spartiate. Un rayonnage de livres. Des cartes de presse périmées (celles des quatre dernières années) sur le meuble. Une photo de surf. Le portrait d'une jeune fille brune au visage étroit, dans un cadre. Une boîte en métal qui contient des cartes SIM. Un dossier noir avec des contrats, des diplômes, un bail, et quelques documents administratifs qu'il a inspectés avec curiosité. Un portant à vêtements pas encombré et une commode Ikea dont il ouvre les tiroirs : des chemises pliées. Des vêtements de sport. Des genouillères. Dans un coin, des vieilles baskets de course. Sur le plan de travail, des céréales de gosse voisinent avec un gel pour tendinite, des boissons énergisantes et quelques numéros du magazine dans lequel il travaille : Marco devine qu'il archive les papiers dont il est fier, ce petit ambitieux. Le frigidaire est presque vide, à part des fruits et des légumes encore pleins de terre dans le bac. Pas de télé, pas de téléphone fixe, bien sûr. Il revient à la photo de la jeune fille. Elle est en débardeur et bas de maillot de bain, elle sourit, la tête penchée sur le côté, un air d'invite sur le visage.

Il fait le ménage. Le studio est assez bien tenu, mais il aspire quelques moutons sous le lit, frotte les plinthes et fait briller le dessus des meubles. Il brique la douche, astique la robinetterie, puis secoue les draps et refait soigneusement le lit. Il glisse le matelas de camping sous le sommier.

Une heure a passé.

Marco écoute la vie de l'immeuble. À la fenêtre, il fume en regardant les toits. Dans l'immeuble en face, une silhouette passe par instants. La stridence de la chaleur sur le zinc le chasse à nouveau à l'intérieur, il referme le velux, le soleil vient de tourner et frappe droit sur le carreau. Il coince un torchon humide avec la poignée, pour créer de l'ombre.

Il se concentre sur sa respiration, un deux trois quatre, il inspire, un deux trois quatre, expire en creusant le ventre, un deux trois quatre. Le battement de son cœur ralentit. Il s'allonge sur le plancher et commence ses exercices, une séquence de pompes, serrées, puis écartées, le nez chaque fois au ras du plancher, rapides. Les trous piqués par les vers s'élargissent puis rapetissent, il est attentif à son effort, son souffle s'échappe au rythme régulier qui est le sien depuis tant d'années. C'est en détention, bien sûr, qu'il a acquis la discipline. Une brûlure familière se fait sentir. Le plancher s'approche et s'éloigne, le sang pulse, ses muscles se gorgent et se contractent, dociles, obéissants, et il sent l'instant précis où une hormone, dopamine, ocytocine, il n'en sait plus le nom, se libère en lui, ramenant le calme dans ses pensées.

Vingt-deux minutes ont passé.

Il prend une douche froide. Il se tourne et se tord en arrière pour essayer d'apercevoir sa blessure dans la glace, en palpe les contours boursouflés, les dents serrées par la douleur. La peau est gonflée, tendue comme un melon prêt à éclater.

Il ferme les yeux. L'angoisse revient.

Il a connu la prison. Il supportera ça aussi.

Il s'assied à la petite table, avec un livre dont la couverture, la photo d'un homme déguisé en Touareg, lui a plu. *Mes voyages avec Hérodote*. Quelques phrases plus tard, il est ailleurs.

Le soir venu, il lave et épluche tous les légumes. Les peaux terreuses s'entassent bien alignées sur une page de journal (*Libération* de la semaine passée, dont il a lu machinalement la une sur les fachos). Les légumes trempent dans une bassine d'eau claire. Il les frotte, détache la terre qui s'y accroche encore, puis il les sèche dans un torchon et les découpe en petits carrés maniaques, carottes, navets, céleri, et d'autres racines anciennes dont il ne connaît pas les noms.

Dans une marmite d'huile crépitent les cubes translucides, rosés, verdâtres, orangés, dorés. Il rouvre la fenêtre, l'air toujours brûlant lui fouette le visage.

Il couvre la casserole, éteint le feu, rallume une cigarette. Le petit ne devrait pas tarder. Il se demande s'il l'a cru quand il a nié avoir tué Gentellini. Puis il se demande ce que ça peut lui faire.

Léan a grimpé avec l'espoir, cette fois, que Marco soit toujours là, et il l'était, l'attendant même avec un repas prêt et la table mise, dans la chambrette qui sentait la tambouille. Il regarde autour de lui : tout est au carré et, à part un livre ouvert posé sur le comptoir, rien ne dépasse. Il range les quelques provisions qu'il a rapportées (des yaourts, des fruits, du vin naturel), puis ouvre la bouteille – achetée au magasin bio, mais la jeune femme aux cheveux de lin doit être partie en vacances – tandis que Marco découpe du saucisson et sert leurs deux assiettes. Il commence immédiatement à manger avec concentration. Léan remarque qu'il a les yeux cernés, la peau très pâle.

— Vous avez passé une bonne journée ?

Marco lève les yeux sur lui.

— Mange, on parlera après.

Ils prennent donc leur repas en silence, puis ils débarrassent et Léan fait la vaisselle pendant que Marco fume une cigarette. Sa chemise est mouillée à l'endroit de la plaie. Lorsqu'il revient s'asseoir, son aisance dans l'espace étroit et l'indifférence apparente avec laquelle il supporte la contrainte de la claustration poussent Léan à l'interroger sur la prison.

— J'en ai fait deux fois. La seconde au Guyana. La première, longtemps avant, en Inde. J'étais très jeune.

Il a l'air de deviner le cheminement de pensée de Léan car il sourit soudain :

— Oui, je suis quand même mieux ici. Allez, prends ton carnet, on va travailler.

Mais Léan secoue la tête.

— D'abord, il faut soigner cette plaie.

Marco se laisse fléchir, constatant amèrement qu'il semble avoir perdu sa volonté avec sa liberté de mouvement. Il retire sa chemise et reste immobile tandis que Léan fait couler sur la plaie ce qui reste d'alcool puis la tamponne pour la sécher.

— Je me suis posé une question. Comment vous m'avez trouvé ? Après avoir lu l'article ?

— J'ai appelé la rédaction, une fille m'a donné ton nom. Ensuite, j'ai facilement trouvé l'adresse, tu avais domicilié ici une association que t'as montée quand tu étais étudiant.

Léan jure.

— C'est à croire que t'attendais d'être trouvé, petit.

Léan termine de tamponner la plaie. Marco est surpris de sa douceur.

— On dirait que t'as fait ça toute ta vie.

Il ne distingue pas le visage de Léan quand il répond d'une voix sourde.

— J'avais un ami qui se blessait souvent.

Le crâne de Tiago fendu par des paras qu'il avait provoqués à la sortie d'un bar. Le trou de chantier dans lequel il était tombé une nuit, complètement ivre, se fracturant net les deux tibias. L'année où il s'était explosé les talons sur du sable dur, en sautant d'un rocher trop haut (« T'es cap ou t'es pas cap ? » Ils avaient huit ans). Ses gamelles à vélo. Ses gamelles en surf. Ses os brisés. Sa peau fendue. Son nez pissant le sang sur sa bouche hilare.

— Il est devenu quoi cet ami ? Clamsé ?

— Non. Il a fini par avoir un accident plus grave que les autres mais c'est pas lui qui est mort. Voilà, c'est plus propre, quand même.

Ayant terminé, il ouvre son carnet.

Marco s'éloigne du café après avoir terminé de décharger la marchandise et prend le chemin de la propriété de Gentellini. La vieille bâtisse traditionnelle a été rénovée. Marco n'a jamais rien vu de tel. Il contemple les baies vitrées en forme d'arche de ce qui a jadis été une grange, regardant, de l'autre côté de son reflet tremblé, une immense pièce au sol de pierre polie, aux larges canapés blancs sous des plafonniers de paille tressée. Seuls des matériaux qu'on trouve ici, dans la région, ont été utilisés, et pourtant la maison est aussi contraire à l'esprit des lieux qu'on pourrait l'imaginer, entièrement ouverte sur l'extérieur, une maison dans laquelle on peut plonger le regard, dont on peut fouiller l'intimité. Marco frémit d'y penser, lui qui a grandi dans des pièces nues, sombres et fraîches comme des grottes, aux ouvertures rares et étroites.

Un homme paraît à l'autre bout du salon et s'approche, d'abord sans le voir. Quand il l'aperçoit, il sursaute et s'arrête, méfiant, avant de sortir directement sur la terrasse dallée. Marco tourne le coin de la maison pour le rejoindre et découvre une longue piscine bleue comme le ciel.

— Je suis là pour le boulot.

— Je n'ai pas entendu les chiens.

Deux molosses arrivent en trottant derrière Marco, bavants, obéissants, affectueux. Ils viennent coller leur museau à ses jambes.

— Les bêtes m'aiment bien, en général, fait-il en les flattant.

L'homme a un rire un peu triste.

— Je ne les avais pas choisis pour qu'ils fassent preuve de leurs propres affections, mais plutôt pour protéger la propriété.

— Je suis là pour le boulot, répète Marco.

L'homme le regarde.

— Pour les chevaux ?

— Oui. Ou n'importe quoi qu'y a à faire.

— Tu es de la vallée ?

— De Cercovate.

L'homme est pensif.

— Tu n'ignores pas le problème, en ce qui concerne les chevaux ?

— Oui. Non. Enfin, je connais le problème.

— Les gens du coin ne paraissent pas enchantés de mon initiative.

— Oui. Je veux dire, ils le sont pas. Enchantés.

— Et toi ?

— J'aime bien les chevaux.

Et c'est vrai. Il aime ces petits chevaux musclés et nerveux, leurs crinières claires et leurs ventres tendus, les articulations fines, la beauté des muscles roulant sous la robe brune, il aime les regarder jouer, les museaux se frotter, les mères courir dans la plaine bleutée, un petit collé au flanc, entre les arbousiers qui ont commencé à fleurir et les buissons d'épines qui forment comme une mer, magnifique vue de loin, unie et froufroutante, mortelle de près car on ne peut y passer : sous chaque petite feuille duveteuse, il y a une épine comme un croc. Quand il fait la sieste dans le maquis, à l'ombre des chênes noirs plusieurs fois centenaires, Marco écoute leur galop sur la terre, sur la roche, faire trembler le monde, ressusciter un temps qu'il n'a pas connu, un temps de sauvagerie et de liberté.

— Tu dois être le seul.

— Les éleveurs disent que ça gêne la pâture.

L'homme se détourne et regarde la montagne qui se dessine à l'ouest.

— Ça, et aussi que je suis pas d'ici.

— Aussi, admet Marco.

— Et toi, alors...

— Marco.

— Toi, Marco, ça ne te dérange pas que je ne sois pas d'ici ?

— Non.

Il a seize ans, son cœur est en deuil, il porte un jean taché de terre et de cambouis, un débardeur qui n'a plus de couleur et qui dévoile ses épaules solides. Son corps, du moins ce qui dépasse de ses vêtements, est brun, musclé, nerveux, couturé de cicatrices. Le reste est blanc, tendre, mais tout autant marqué.

— C'est quoi ton nom de famille ?

Marco ne répond pas.

— Il me faudra bien le connaître, si tu travailles pour moi.

— Je préfère pas.

— Et comment pourrais-je te payer ?

Marco le dévisage sans comprendre.

— Il te faudra un compte en banque. Tu en as un ?

Un sourire incrédule illumine le visage de Marco.

— Je te paierai de la main à la main, alors ?

Bien sûr, c'est comme ça que font les hommes, non ? Marco hoche la tête.

— Comment t'y prendras-tu pour protéger les bêtes ?

— Je veillerai sur le troupeau jour et nuit, mais il me faut une carabine, déclare-t-il passionnément, lâchant plus de mots à la suite qu'il n'en a prononcé en tout depuis la mort de son grand-père.

Gentellini est un faux Corse qui a grandi à Paris, comme ses parents avant lui. De l'avis des anciens, il n'est revenu que pour foutre le bordel avec cette connerie de chevaux sauvages ; de l'avis des patriotes, il attire sur cette vallée discrète et retirée l'attention de la presse, des touristes, de la métropole, des politiques, des écolos et ainsi de suite. Et ça ne leur plaît pas, ni aux uns ni aux autres. Gentellini, lui, a des projets plein la tête, il veut monter un gîte, un *agriturismo* comme en Toscane, un agri quoi, quel malade. Il a invité des équipes de télévision, Antenne 2 est venue avec ses camionnettes et ses caméras pointer ses objectifs sous le nez des gens, les volets se sont refermés à leur approche, le village tout entier est rentré en lui-même, il n'est resté dans les rues que des enfants, les anciens qui regardent dans le vide et mâchonnent leurs gencives sans répondre aux questions, et quelques costauds aux manches de chemise retroussées, au comptoir du café. Des adolescentes délurées de l'âge de Marco se sont bien mises à passer et repasser sur la place, avant que leurs pères ou leurs frères en fassent rentrer certaines à coups de pied dans les immeubles étroits et que les autres se lassent et reprennent leurs occupations habituelles. Le problème, pense Marco, c'est que Gentellini ne paie pas son écot aux patriotes ; et s'il a bien tenté de défrayer un peu les bergers pour la perte de leurs pâtures, il l'a fait maladroitement et s'est mis tout le monde à dos. Marco aimerait lui expliquer tout ça, mais il ne sait pas par où commencer.

Quand il y a de l'orage ou que les nuits sont trop froides pour dormir à la bergerie ou à la belle étoile, Marco descend à Cercovate et s'abrite à l'épicerie, dans le corridor qui relie le commerce au bar, les deux immeubles appartenant à la même famille. L'un ouvre sur la place et l'autre sur une rue à l'arrière, mais le village est si escarpé qu'il y a un étage de différence entre leurs rez-de-chaussée. Ce couloir sans fenêtre débouche d'un côté sur une mezzanine en bois, où il fait toujours chaud, sec et poussiéreux, surplombant le bar qui s'en sert pour stocker les fûts vides – ça, et des armes ou des munitions, des drapeaux, des tracts. Marco y conserve un sac de couchage. Il s'y endort en écoutant les conversations tenues à voix basse, dans un mélange de corse et de français. Personne ne fait attention à lui, couché en chien de fusil là-haut. En échange, il rend des services, aide la patronne à décharger les livraisons côté épicerie, ou passe la serpillière. Elle lui fait ensuite descendre une assiette par un de ses enfants.

C'est ici qu'il a compris que le problème était plus sérieux que ne semblait le croire Gentellini. La plaine et la vallée appartiennent aux patriotes. Des gardes forestiers employés par l'État y sont parfois envoyés, ou des scientifiques, des biologistes et même des historiens qui viennent y faire des relevés, des observations, des photos. Les villageois les regardent passer sans affolement, assurés qu'ils n'oseront pas s'écarter des quelques sentiers balisés et qu'ils repartiront bientôt, repoussés par le mutisme des habitants, la chaleur brûlante de l'été, la poussière, les taons qui les harcèlent, l'impression qu'ils ont d'être des intrus mal tolérés. Les gardes forestiers y remettent seulement une couche de peinture fraîche jaune et rouge sur les troncs, pour signaler une route de randonnée.

Gentellini se croit protégé par sa richesse et par ses relations, pense Marco avec colère, car il apprécie cet homme et aimerait le protéger, même s'il ne sait pas exactement de quoi. Il regarde monter le mécontentement des patriotes. Le silence du village – personne n'a pris position pour Gentellini et ses chevaux – vaut approbation. Ils veulent qu'il parte, il partira.

Le premier avertissement a été soudain. Un feu a pris à l'arrière de la propriété. Quelle chaleur, a commenté Gentellini au matin, quand Marco est passé, soi-disant récupérer sa paie, en réalité vérifier si le message avait été bien reçu. Marco a fait son mouvement du menton, le même que celui de son grand-père, qui évite de se prononcer. Il fait chaud, mais pas plus que d'habitude. Le gentil ne croit quand même pas que c'est un feu de chaleur comme ceux qui dévorent, l'été, des zones entières de l'île, laissant derrière eux une désolation carbonisée de branchages brisés et de cendres fumantes ? Ce *pinzutu* se croit corse mais il ne comprend rien, il pense qu'il suffit d'un patronyme, ou même d'amour.

— Pas trop de dégâts ? demande Marco.

— Non, pas trop, rassure-toi, répond Gentellini. Tout va bien.

Ensuite, il a cloué les oreilles d'un cochon sauvage qu'il avait abattu à la chasse. Sans plus d'effet. Dix jours plus tard, Marco a trouvé les chiens geignant qui l'attendaient, inquiets, leurs grands corps souples agités de tressaillement par les insectes qui s'y posaient. Lorsqu'il s'est dirigé vers la maison, ils ne l'ont pas suivi et se sont couchés. La patte d'un des dogues avait laissé une trace rouge sur les carreaux de la terrasse.

Marco a appelé. Un silence bourdonnant lui a répondu.

Il a trouvé Gentellini dans sa chambre à coucher, criblé de balles. Il avait rampé vers le téléphone et avait réussi à traverser la moitié de la pièce, depuis le lit où ils l'avaient eu, comme en témoignait la quantité de sang sur les draps. Marco lui a fermé les paupières puis il a effacé ses empreintes sur la porte et partout où il a pu y penser. Il a filé à travers le maquis. Sur la départementale, il a appelé les gendarmes depuis une cabine.

Ils ont relevé ses empreintes partout dans la maison et son nom sur les carnets de comptes de Gentellini. Il a été leur premier, leur seul suspect. Ils n'ont pas cherché ailleurs.

Dans la nuit, le propriétaire du café a tiré Marco d'un sommeil agité, les gendarmes arrivaient. Il l'a fait sortir par la rue pendant qu'ils tambourinaient à la porte de la place. Sur le chemin de transhumance, un garçon que Marco connaissait l'attendait, ils n'ont pas parlé, ils ont marché dans le maquis jusqu'à une route où était garée une jeep. Marco s'est endormi à l'arrière. Quand il s'est réveillé, il était à Bastia. On lui a donné une poignée de lires italiennes et on lui a indiqué un matelot près d'un ferry. « Ne reviens pas », ce sont les derniers mots qu'on lui a dits chez lui.

Dans la nuit, incapable de trouver le sommeil à cause des gémissements fiévreux de Marco, ressassant les discussions qu'il n'a pas eues avec Carbo tout en surveillant les réseaux comme un maniaque, Léan décide de ne pas retourner tout de suite au Journal. « Rechute », envoie-t-il au matin à Carbo, qui ne lui répond pas.

Les jours suivants, ils ne sortent plus beaucoup de la chambre, à part Léan pour faire les courses, et ils prennent vite des habitudes. C'est Marco qui cuisine, lui fait la vaisselle. Marco dort par terre et s'agite beaucoup, Léan ne le lui dit pas. Il parle dans son sommeil, un marmottement agité où les mots n'ont pas de sens. Quand il est éveillé, il est sombre, calme. Ils parviennent à éviter que leurs corps se touchent malgré l'étroitesse des lieux. Marco lit beaucoup, articulant parfois en silence les passages qui lui plaisent. Après le Kapuściński, *Les Cavaliers* de Kessel y passe, puis *Au bagne* et *Chez les fous*. *Le Jour de la chouette*, de Sciascia, est avalé en une après-midi. *Gomorra*, lui, est abandonné à mi-chemin et il néglige sans leur accorder un regard la série de polars sur le surf de Kem Nunn, que Léan lui a pourtant recommandés avec enthousiasme, ainsi que *Jours barbares*. Il est à présent plongé dans le vieil exemplaire de *Martin Eden* tout corné que Léan traîne depuis le lycée. « J'aime beaucoup ce livre », dit-il d'un ton sérieux, alors que Léan harcèle une énième fois Me Askolovich, qui n'a pas encore obtenu le dossier. Il est hors de lui :

— Et les droits de la défense, on s'assied dessus ?

Il entend un sourire dans la réponse tranquille du petit avocat :

— Je représente les parties civiles, pas la défense. Je reviens vers vous au plus vite, promet l'honnête homme.

Il a aussi demandé à rencontrer la mère de Negezi, qui a refusé. Son contact à la mairie a fini par le rappeler pour lui confirmer qu'Aurélien de la salle de sport était bien le fils du maire, mais que ce dernier n'avait rien à voir avec les affaires de son fils et encore moins avec le patron de ce café où il n'a jamais mis les pieds. En off, il a concédé le contraire mais refusé d'en dire plus et depuis, il fait le mort.

Sa binôme l'a appelé :

— Ils envisagent de te foutre au supplément vacances.

Elle a entendu des rumeurs – « je peux pas donner mes sources », glousse-t-elle. Le supplément vacances. Il existe donc pire que de pourrir sur pied au service web. La gorge serrée, Léan la remercie et l'invite à dîner, étonné qu'elle ait pris la peine de le prévenir. Elle répond par un petit rire et raccroche. Léan sort courir deux heures, sans parvenir à s'épuiser.

Ils dorment n'importe quand, par petites tranches, dans la journée, lorsqu'il fait vraiment trop chaud. Léan soigne deux fois par jour la blessure de Marco, qui ne cicatrise pas.

Le reste du temps, Marco raconte.

— La première fois que j'ai tué sur commande, on me l'a proposé comme ça, et je n'ai pas hésité avant d'accepter. Je ne te dirai pas qui j'ai descendu, ni pour le compte de qui je l'ai fait, mais tu peux être certain que c'était des bandits tous les deux. Peut-être que tu trouveras tout seul. Je crois que c'est resté non élucidé, c'était un règlement de comptes comme il y en a plein à Marseille. J'ai reçu la commande dans un bar, d'un gars qui venait de la part de quelqu'un à qui j'avais rendu des services.

— C'est-à-dire ?

— J'avais été un temps garde du corps et la personne que je protégeais m'avait recommandé pour ce contrat. Je te parle du temps d'avant internet, quand les choses se négociaient en face. On m'a donné un rendez-vous, j'y suis allé, un homme m'a passé une enveloppe. J'ai quitté le bistrot et je suis descendu l'ouvrir dans les calanques, pour être tranquille. C'était un jour de mistral, tout le monde était sur les dents. J'ai sorti une photo. Je l'ai regardée puis je l'ai rangée dans la poche de mon blouson. À l'époque, j'ai eu l'impression que je ne pourrais jamais oublier ce visage.

Aujourd'hui, je ne sais plus à quoi il ressemblait. Dans l'enveloppe, il y avait aussi un fascicule de la SNCF avec un horaire entouré. C'était pour l'après-midi même. Je suis allé traîner sur le port, j'avais pas d'argent, pas un franc – c'était encore des francs. J'avais faim. Le vent nous desséchait, nous énervait. Il y en a qui deviennent fous ; moi je pensais à la Corse, je pensais à chez moi, sur la montagne, à l'ombre des arbres où même par temps de canicule on est bien, et ça me manquait comme rien ne m'a jamais manqué, comme un membre, comme mon cœur. J'ai traîné ma carcasse. J'avais l'impression que partout autour de moi les gens se jetaient des injures à la gueule, des gars se frottaient torse contre torse, des ménages s'empoignaient par les cheveux. Ils couraient la ville tous crocs dehors, prêts à égorger le premier venu, et moi j'allais comme eux avec le vent à mes oreilles. Et je peux te dire qu'il suffisait d'un regard pour qu'on m'évite.

Il a un rire fatigué.

— Peut-être que j'invente tout ça ; peut-être que c'était une journée comme une autre. Ce que je sais, c'est que j'avais faim et que j'avais nulle part où aller. Quand l'heure est arrivée, j'en pouvais juste plus d'attendre, j'avais hâte qu'il descende de son train, ce trou du cul, j'avais hâte de lui faire la peau. Je me suis rendu à la gare. J'entendais gronder mon ventre, j'avais des vertiges, des suées, mes mains tremblaient. Je me suis demandé comment j'allais réussir à le suriner, vu mon état. Je sentais sa photo dans la poche de poitrine de mon blouson, avec ses petits coins durs. Je m'étais dit que je la sortirais le moment venu, pour être sûr de ne pas me tromper. Son train est entré lentement, j'avais jamais remarqué que les trains roulent si doucement à l'arrivée. Il y avait tout le bruit habituel, le souffle des machines, le grincement des roues, les voix dans les haut-parleurs, le bruit des conversations, le moteur et les entrechoquements des petits chariots qui transportent je sais pas quoi, mais soudain le silence s'est fait parce que je l'avais reconnu, et j'ai pas eu besoin pour ça de ressortir l'image, c'était mon bonhomme qui remontait le quai et j'ai su exactement ce que je devais faire. J'ai avancé vers lui, c'était miraculeux, personne m'empêchait de passer, je sais pas si c'était moi qui les évitais, ou si c'était eux, mais tous les obstacles s'écartaient devant moi, comme si mon chemin ne pouvait mener qu'à lui. Dans la mythologie grecque, on dit que les dieux font parfois descendre un brouillard pour masquer un mortel, quand ils veulent qu'il réussisse quelque chose. C'est comme ça qu'Ulysse rentre chez lui. C'est aussi comme ça qu'Achille tue Hector. Crois-le ou pas, petit (Léan grimace malgré lui à ce mot), mais c'est ce qui est arrivé. J'étais invisible. Il avançait sans me voir, je m'approchais, il s'approchait, il ne m'avait toujours pas remarqué, on s'est heurtés, il a levé les yeux pour s'excuser ou pour gueuler, je le saurai jamais parce que je venais de lui planter une lame de vingt centimètres droit dans le cœur. C'est entré comme dans du beurre, entre les côtes, parfaitement. Il a eu un regard étonné, je pense qu'il a eu à peine le temps de se dire « Mais qu'est-ce qui m'arrive ? » ou peut-être juste « Aïe ». Il est tombé à genoux. Pas un cri, pas un mot. J'étais déjà presque aux grands escaliers quand j'ai entendu un cri. Je me suis pas retourné.

« Le soir même, je dégustais un plateau de fruits de mer, tout seul, dans un restaurant du port. J'ai vidé une bouteille de blanc et je m'en suis mis plein la panse. Sa mort n'a fait l'objet que d'un entrefilet dans la presse, je n'ai pas suivi, tellement j'étais sûr qu'on remonterait pas jusqu'à moi. Le lendemain j'ai quitté la ville en stop. Je n'ai jamais aimé Marseille.

Il marque une pause, Léan demande :

— C'était quand ? J'ai besoin d'une date.

— T'as besoin de rien du tout, fait Marco avec humeur.

Léan ne sait pas s'il pourra retrouver le fait divers. Un homme poignardé en gare Saint-Charles. Ça ne ressemble pas au meurtre de Jean Larabi dont lui a parlé David, avec les deux balles dans la tête et les deux dans le gigot. Combien il peut y en avoir, de meurtres à l'arme blanche, à Saint-Charles ? Un paquet, sans doute. Combien de personnes Marco a-t-il tuées à Marseille ? Et combien en a-t-il tué tout court ? Est-ce qu'il doit chercher dans les années 1980 ou 1990 ? Au Journal, il a accès aux archives de la presse régionale et judiciaire, mais pour des faits si anciens, il n'est même pas certain que ce soit possible. Est-ce que son enregistreur tourne toujours ?

Il prend conscience du regard glacial de Marco fixé sur lui.

— Si tu trouves, tant mieux pour toi.

— Je nous fais un café ? propose Léan.

Il met quatre grosses cuillerées de café moulu dans son appareil italien. Cadeau de Mélie quand il a quitté la Picardie. Chaque fois qu'il touche cette cafetière, il pense à elle. C'est une pensée réflexe, et comme une traînée de comète, les mots suivants lui viennent : « Ne pas penser à Mélie. » Il relève la tête et constate que Marco l'observe toujours.

— Comment tu justifies de tuer pour de l'argent ? Face à toi-même, ajoute-t-il.

— Je ne le justifie pas, répond Marco.

— Est-ce que c'est dur ? De tuer ?

Marco hausse les épaules.

— Tu poses des questions dont tu veux pas vraiment connaître la réponse.

— Si.

— Je crois pas. Mais écoute, alors. Parfois, c'est dur. Le plus souvent, non. N'importe qui peut tuer, quand les circonstances sont réunies.

Léan secoue la tête.

— Tu vois ? Ça te plaît pas.

— C'est pas que ça me plaise ou non. Je vois l'argument. Si la guerre commençait, je m'engagerais, et je tuerais, c'est ce que tu veux dire ? La banalité du mal, tout ça. Mais ça me paraît un peu facile. C'est pas ce que tu as fait, toi. Tu avais le choix.

— Peut-être, répond Marco, et il a l'air triste.

— Après ce contrat, il y en a eu un autre ?

— Il y en a eu un autre.

C'est une plage en demi-lune, bordée d'une promenade en béton sur laquelle deux ou trois restaurants ont installé leurs terrasses sous des stores neufs. Le soir, on zigzague entre les tables et les clients qui attendent une place, le service est assuré par des jeunes mal formés qui portent leurs plateaux avec maladresse. Les filles sont jolies, pense Marco en passant, rapide, furtif, solitaire, puis cette pensée glisse, disparaît, se dissipe tandis qu'il enregistre machinalement les caractéristiques du lieu : un croissant de sable, une tourelle de maître-nageur, avec un type musclé assis en haut, un debout les pieds dans l'eau, et au moins deux autres encore, dans une cahute de bois blanc. Les baigneurs sont assemblés par petits groupes, comme placés là par un peintre. La promenade piétonne, qui sert de *passeggiata* aux adolescents, ouvre sur une place encombrée d'un manège bruyant et, chaque soir, d'un fouillis d'étals et de tentes sous lesquels des marchands désinvoltes vendent des bijoux d'argent ou de tissu tressé. À l'autre extrémité, le chemin du littoral commence et, à marée basse, se découvre un encombrement de rochers. On aperçoit un phare de haute mer et, à l'est, l'autre rive de l'estuaire, à quelques kilomètres. Sur la ligne d'horizon, un gros bateau se traîne parfois tandis que, plus près, croisent des voiliers et des planches sous un ciel à peine pommelé que le crépuscule n'assombrit pas encore.

Il y a le brouhaha des conversations, il y a des groupes de filles encore en maillot de bain, la peau chauffée, qui remontent lentement vers leurs appartements de location, il y a des enfants lavés et propres qui redescendent jouer après le dîner et croisent les familles alanguies qui se sont attardées, il y a un match de foot sur le sable dur, au ras des vagues, il y a des couples de vieux qui prennent l'air assis sur les bancs de béton déjà érodés par l'air marin, et puis, attablé en terrasse du deuxième restaurant, celui qui sert des fruits de mer, engoncé dans sa chemise blanche dont il a remonté les manches sur ses avant-bras puissants, ses lunettes de soleil noires et ses cheveux gominés, trônant entre sa femme trop lourde et ses enfants trop bruyants, tous vêtus de blanc, faisant signe avec autorité au serveur qui accourt, il y a Pépé Lanzaro, petit parrain du crime connu des seuls initiés. Sa cible.

Il renvoie les plats qui ne plaisent pas à sa femme puis lui chuchote des saloperies à l'oreille. Elle pleure derrière ses verres fumés. Il laisse des gros pourboires. Il contemple avec dégoût ses propres enfants, gras comme des loutres, qui se chamaillent et pleurent quand il sévit. Chaque soir, avant son départ, le patron du restaurant, servile et empressé, vient à sa table, offre un apéritif comme s'il venait d'y penser puis, sur invite de Lanzaro, s'assied. Marco les observe et comprend que c'est sans doute ce qui a conduit ce dernier aussi loin : Pépé Lanzaro renverse la tête en arrière, plissant sa nuque de bourrelets épais et luisants, et il écoute. À la place de l'autre, Marco se garderait de trop confier ses faiblesses à un homme tel que lui.

En bordure de la station balnéaire se déploie une zone intermédiaire, en expansion vers l'intérieur des terres, occupée par des cabanes repeintes en début de saison pour masquer la rouille, l'usure et la pauvreté des installations. Les toits fuient, les gouttières sont mal fixées, les égouts débordent. Mais les bungalows affichent, en juin, le blanc éclatant et le vert qu'ils arborent sur la brochure. Le propriétaire loue même, chaque année, les services d'un petit avion qui longe les plages en traînant à sa suite une longue banderole délavée : « Au Camping du Coin, un rêve de vacances », et les enfants lèvent un doigt potelé comme une saucisse cocktail, « Regarde, maman ». Tout au bout, des emplacements pour campeurs ombragés d'arbres rachitiques. Au mois d'août, des volutes de poussière recouvrent la toile des tentes, le linge qui sèche sur les fils tendus entre des piquets rouillés, et la machine chromée qui distribue des sodas. Marco y a pris un emplacement, il a loué une tente à la boutique. Comme c'est le début de la saison et qu'il paie en liquide, on s'est montré accommodant, il n'a pas donné ses papiers.

Au matin, il part pour le village et s'installe sur le sable ou sur les rochers, son corps brunissant rapidement, et il observe, de loin, les habitudes de Pépé Lanzaro. Il regarde jouer ses enfants pleurnichards, il regarde sa femme se faire des amies, du souci, du chagrin, il la regarde manger des glaces à l'italienne quand son mari fait la sieste, feuilleter des magazines féminins qui promettent la beauté, la jeunesse, la perfection, il la regarde rêver, somnolente, le regard vacillant sur le large. De la routine de Pépé Lanzaro, bientôt, il sait tout. Il se décide pour ce moment, à la toute fin de l'après-midi, quand le sable a rôti, quand les maîtres-nageurs ont annoncé la fin de la surveillance, quand la plupart des familles ont pris le chemin des fraîches maisons de location où le carrelage est couvert d'une pellicule de sable quelles que soient les consignes des mères, où les douches vont se succéder dans les salles de bains bourgeoises et vieillottes, d'un genre qu'il n'a jamais connu, lui, Marco. À cette heure où la plage se clairsème, Pépé Lanzaro apparaît en haut des marches, dans son maillot de bain à fleurs, sa chemise blanche ouverte sur un poitrail couvert de poils, une serviette autour du cou. Il a fini sa sieste, la mère et les enfants ont pris le chemin de la pension de vacances et lui, semblable à un grizzly, apparaît. Le pas lourd, il descend sur le sable, abandonne ses espadrilles et marche droit vers la mer. À la lisière du sable sec, il laisse sa chemise, sa serviette, pose ses lunettes dessus, puis il entre dans l'eau sans marquer d'arrêt. Il va tout droit jusqu'à ce qu'il n'ait plus pied, puis il commence à nager un crawl puissant vers le large. Il dépasse les bouées qui marquent la fin de la baignade protégée, il crawle entre les voiliers amarrés pour la nuit et qui clapotent, dépasse la pointe de l'anse, noire et rocailleuse déjà dans la lumière qui faiblit. Il nage ainsi une vingtaine de minutes, peut-être un kilomètre, évalue Marco depuis les rochers où quelques enfants attrapent encore des crabes, puis il fait demi-tour et rentre, du même crawl régulier, puissant. Il est bon nageur.

Le troisième jour, Marco entre dans l'eau à sa suite, à l'autre bout de la plage. Trois jeunes gens – ils doivent avoir son âge mais il a l'impression d'être leur ancêtre en entendant leurs rires confiants – font la course pour revenir vers le sable. À genoux sur leurs planches à voile, ce sont deux filles et un garçon. Les filles ont les fesses en l'air, avec des petits maillots, et l'une d'elles, la plus jolie, se retourne pour vérifier que Marco la regarde. C'est le cas et il le regrette, car c'est la première fois qu'il croise un regard direct depuis qu'il est arrivé. Il se sentait jusque-là invisible. Pour qu'elle ne se souvienne pas de lui, il lui donne ce qu'elle attendait, un bref air d'intérêt, puis se détourne vite. Il espère qu'elle va l'oublier, maintenant qu'elle est rassurée. Lui ne pense qu'à Pépé Lanzaro. La mer est agitée ce jour-là, elle clapote, irritante, sous l'effet d'un vent de terre. Elle a fraîchi et elle est noire à cette heure. Marco nage, d'abord un crawl nonchalant pour s'éloigner de la rive. Puis une brasse tranquille, les yeux fixés sur le lointain. Les vaguelettes ne sont pas hautes, assez tout de même pour masquer le regard. De là où il se trouve, il pourrait se croire complètement seul. Pépé Lanzaro est invisible. Marco sent un courant froid qui le fait se déporter vers la droite, surtout quand il se tient debout dans l'eau pour regarder autour de lui. Il se rallonge et reprend sa nage. Bientôt, il dépassera la pointe des roches noires dentelées, dangereuses, à sa droite. Pépé doit être un peu plus loin. Il craint d'avoir sous-estimé sa vitesse. Et s'il avait déjà fait demi-tour ? Et s'il était rentré, trouvant l'eau trop froide à son goût ? Marco allonge encore ses mouvements et tire sur ses muscles pour accélérer, respiration régulière et profonde, malgré le frisson qui l'a saisi. La peur d'échouer.

C'est alors qu'il le voit, le dos velu de Pépé, ses bras qui retombent, réguliers comme des battoirs, paf, paf, paf, à plat sur l'eau. Il l'a rattrapé.

Marco se retourne et regarde derrière lui. La plage est loin, il aperçoit des silhouettes debout ou assises sur le sable, mais eux ne peuvent pas distinguer leurs deux petites têtes bien noires sur les eaux sombres. La femme de Pépé doit être en train de se préparer pour le restaurant, de houspiller ses enfants afin qu'ils aillent à la douche. À gauche, les derniers pêcheurs de crabes ont disparu avec leurs nasses et leurs seaux, les rochers sont déserts. À droite, il voit de la lumière aux fenêtres des maisons, mais pas âme qui vive. Les bateaux qui tapotent rudement les vagues sont déserts.

Pépé, qui vient de faire demi-tour, a un très léger mouvement de contrariété en l'apercevant. Que fait ce jeune homme, dans l'océan immense, à quelques mètres de lui. On ne parvient pas aussi haut dans la pyramide du crime organisé sans une capacité de prescience, sans une méfiance fondamentale, sans prudence à tout le moins. Mais Marco porte des lunettes de natation, on ne distingue pas son regard, et il crawle, apparemment concentré sur le large. Après une infime hésitation, Pépé Lanzaro recommence à nager. Ils vont se croiser sur deux lignes parallèles quand Marco dévie soudain à angle droit. Il heurte Pépé Lanzaro de plein fouet, réprime l'écœurement qui le saisit au contact de ce corps, de cette peau, de cette chair dont la saisissante altérité et l'indéniable existence, là, contre lui, paraissent soudain inviolables. Pépé Lanzaro, surpris, se redresse, alors Marco pose ses mains sur ses épaules. D'une poussée brutale, il envoie l'autre sous les flots. La riposte est immédiate. Pépé Lanzaro se cabre pour tenter de se dégager et, dans un même mouvement, lève les bras et saisit Marco par le cou. Il serre de toutes ses forces, tentant déjà d'étrangler celui qui le pousse à nouveau sous les vagues avant même d'avoir saisi tout à fait la nature de l'attaque. Il s'agite, il boit la tasse, essaie de remonter. Quelque part dans son cerveau souffrant déjà du manque d'oxygène, Pépé Lanzaro se dit encore qu'il vient juste d'être percuté par un nageur distrait, alors même que les mains de Marco continuent d'exercer leur pression sur ses épaules. Il se débat, il lâche le cou de Marco, y laissant une profonde estafilade causée par un ongle trop long, et il tente des coups qui perdent de leur force dans l'eau, puis il s'enroule autour du corps fin mais musclé de celui qui veut le tuer, il s'y agrippe comme à un tronc pour se hisser vers l'oxygène, là-haut. Il y parvient, presque, Marco s'enfonce, Pépé surgit entre les vaguelettes dures et mauvaises et prend une douloureuse inspiration, pas la peine de crier, il est trop loin, quand une vague le frappe. Il boit encore la tasse. Il s'efforce de se retourner pour faire face à son agresseur et lui enfoncer les pouces dans les orbites à cet enculé, mais Marco s'est enroulé autour du corps de Pépé sur lequel il ne veut pas laisser de marques, au cas où les poissons ne le boufferaient pas en entier, et cette fois il l'enfonce, toussant, crachant, sifflant, et ne le laisse plus ressortir avant qu'il soit certain qu'il ne bouge plus, plus du tout.

Il est épuisé, transi. Il lâche le corps qui flotte un peu, déjà emporté vers le large. Il l'a remis à plat ventre, le visage pâle et flasque contemple les abysses, plutôt que le ciel qu'il n'a certainement pas mérité. Marco tremble si violemment qu'il n'est pas certain de pouvoir nager jusqu'à la côte. Il s'y efforce. Ses mouvements sont courts, saccadés. Il halète, avale de l'eau. Une houle s'est levée. La possibilité de la noyade commence à lui apparaître. Il l'écarte et continue, obstiné, animal. La plage est trop loin, il n'y arrivera pas ; il vise maintenant les rochers, la pointe déchiquetée du Pont du Diable, aux arêtes coupantes comme des couteaux. Ses pieds s'engourdissent, ses doigts n'ont plus la force de rester serrés, ses mains palment mal, mais il s'accroche, le regard fixé sur les rochers qui approchent. Enfin, une dernière vague, plus clémente croit-il d'abord, avant de sentir les premières coupures, le dépose sur la roche. Il s'y agrippe. Les vagues le malmènent, mousseuses, mauvaises. Il ne lâche pas. Il commence à avancer comme un crabe, ses pieds, ses mains, ses genoux saignent, partout où il touche la roche dentelée, hérissée de coques de moules aiguisées, il se coupe. Entre deux assauts de la mer, il voit filer des crabes qui se laissent soulever par le courant en écartant les pattes et retombent, légers. Le froid l'a un peu anesthésié mais le sang tache sa peau blême. Il s'extirpe de la mer, il trébuche et grimpe, entre les rochers la terre est sableuse et noire, il se retient à de mystérieuses racines surgies là, il aperçoit une fleur de rocaille, blanche, se balançant au-dessus du vide, il manque de basculer en arrière, saisit une touffe, affirme sa prise, se hisse sur le chemin des douaniers, en sang. Il a tué son troisième homme. Mais cette fois, tout est différent. La première, il n'a pas fait exprès. La deuxième, il n'a rien ressenti. Aujourd'hui, il a la nausée.

Marco emprunte le sentier du littoral, puis des ruelles désertes à cette heure, à travers un quartier résidentiel où gronde parfois un chien à son passage, jusqu'à l'entrée de son camping, qu'il traverse d'un pas raide. Dans sa tente, il s'allonge sur le dos, envahi d'une sensation de dégoût. Il tient toujours entre son poing la fleur de rocaille écrasée. Mais au bout de ses doigts, sous toute la surface de sa peau à lui, il sent la chair de l'autre, tiède, élastique, épaisse, il sent ses poils, ses muscles luttant, désespérés, il sent son haleine mêlée d'embruns, l'odeur pas complètement effacée de son eau de Cologne et d'une huile que l'homme met – mettait – dans ses cheveux. Il sent l'autre, collé contre lui. Plus Pépé Lanzaro, juste un corps vivant puis mort. Marco a le cœur au bord des lèvres. Les blessures qui entaillent ses paumes, ses avant-bras, ses jambes, pulsent, brûlent.

Il se force à se remettre à l'ouvrage, il range ses quelques affaires dans son sac à dos, roule son duvet, ressort de la tente. Étoiles, silence, une voiture dans le lointain, le bruit de la mer, une conversation, une chouette, la toile habituelle de la nuit, il marche à grands pas jusqu'à l'arrêt de bus. Il avait payé d'avance, il ne doit rien, ne laisse rien que la tente vide.

On retrouvera le corps de Pépé Lanzaro plus d'une semaine après, dans un état de décomposition avancé, échoué dans les rochers à une vingtaine de kilomètres de la petite plage. Lorsqu'on tentera de le tirer hors de l'eau, sa chair se décomposera, dégazant des odeurs pestilentielles. La justice conclura qu'il s'est noyé alors qu'il se baignait seul dans ces eaux où le courant est fort, malgré l'insistance de sa femme qui répétera en boucle que c'est impossible puisqu'il était excellent nageur. Mais une crampe peut saisir un excellent nageur et on se noie sur cette côte. Les articles feront état de sa condition d'homme d'affaires lié à des milieux sulfureux, laissant entendre qu'il avait vécu une vie dangereuse. Cela fera peu de bruit.

Marco attend plus d'une heure assis par terre, adossé au panneau de l'abribus, sans penser à rien. De retour à Saint-Denis, dans sa chambre d'un immeuble branlant et surpeuplé, il regarde s'infecter ses coupures sans rien y faire, la tête vide, se nourrissant à peine. C'est une voisine qui le trouve allongé dans le couloir, sans connaissance. Est-ce qu'il a tenté d'appeler à l'aide ? Il l'ignore. Il s'était pourtant cru capable de se laisser mourir. Il ne reprend connaissance que pour saisir sa main, avec force, alors qu'elle tente de prévenir le SAMU. Comme c'est le genre d'immeubles où l'on admet que certains veuillent passer sous les radars, elle obéit et l'aide à se relever. Elle l'installe dans son propre lit et désinfecte une à une les coupures, retirant grains de sable, et même un morceau de coquillage de l'une d'elles. Elle lui fait boire, quand il reprend conscience, des bouillons qu'elle réchauffe pour lui sur un petit réchaud. La chambre est grande comme un placard. La nuit, elle dort collée contre lui.

Quand il a repris assez de force, ils font longuement l'amour sans avoir jamais échangé aucune parole – du moins pas qu'il s'en souvienne, mais peut-être a-t-il parlé dans son délire. Elle était originaire du Cap-Vert, se souvient-il aujourd'hui, lorsque lui revient en mémoire le visage de cette femme qui lui a sauvé la vie.

Marco, une fois remis sur pied par la Cap-Verdienne, qui n'est pas bavarde, va envoyer le message convenu depuis un taxiphone voisin. On lui fixe rendez-vous dans un kebab près de la gare du Nord où, alors qu'il mange son sandwich avec un appétit retrouvé, un homme lui verse la somme promise.

Rentré avec l'argent du contrat chez sa voisine, il lui paie son loyer pour les deux mois à venir. Elle l'embrasse, sa langue chaude entre dans sa bouche. Ils vont ensemble au marché où elle choisit ses produits avec soin, en cliente avisée. Il la suit et paie pour elle : piments verts, chair de crabe, ciboules, des épices qu'il ne connaît pas et des fruits qu'il n'a jamais goûtés. De retour, sur son réchaud, elle met à cuire la pâte à beignets qu'il l'a regardée pétrir de ses très longs doigts noirs aux ongles effilés. Il se sent revivre. Après leur repas de beignets brûlants, ils s'allongent ensemble sur son lit et il descend entre ses jambes pour la faire jouir avec la langue.

Il se demande ce qu'elle est devenue, avec ses ongles de coquillage et sa peau chaude, sèche. À Pépé Lanzaro, il ne veut plus penser.

Me Askolovich finit par appeler Léan pour lui donner l'adresse où la témoin, d'après le rapport de flagrance, est hébergée depuis le meurtre.

— Vous faites pas aussi du droit du travail, par hasard ? lui demande Léan, qui s'inquiète pour son sort.

Sous le regard de Marco, il téléphone à la Maison des femmes et met la conversation sur haut-parleur. Il demande s'il serait possible de faire un reportage, pour le Journal, sans préciser qu'il s'y sent désormais en sursis. Il rencontre beaucoup de résistance. Il y a déjà eu des reportages, lui objecte-t-on. A-t-il vu celui que France 3 Régions a consacré au lieu ? Oui oui, ment-il sans scrupule, mais ce n'est pas l'angle qu'il projette, rien de sensationnaliste, tente-t-il au hasard. On lui propose une interview avec la médecin qui a fondé la Maison, il répond que ce ne serait pas suffisant, c'est un reportage qu'on lui a commandé, il faut donc qu'il raconte de l'intérieur le quotidien de la petite structure.

— Ça va pas être possible, répète obstinément son interlocutrice. Les femmes que nous accueillons ici se cachent, du moins pour certaines. Elles ont vécu des violences. Elles sont traumatisées. Elles en sont à des étapes différentes de leur parcours de reconstruction. C'est fragile. On ne doit pas perturber leur tranquillité.

Marco se détourne et allume une cigarette pendant que Léan, têtu, insiste : il saura se fondre dans le décor, il respectera toutes les limites qu'on lui fixera. Personne ne sera reconnaissable. Il n'y aura ni nom ni détails identifiants, pas de description physique. Il se contentera d'être là, silencieux, respectueux, témoin de l'œuvre importante du personnel de la maison. Ce sont eux qui l'intéressent d'ailleurs, les soignants, les accompagnants, les aidants. Eux qu'il veut raconter. Ceux qui ont les mains dans le cambouis humain.

Bien parlé, gars, rigole Tiago à l'intérieur.

La femme soupire.

— Je vais voir. On va en parler entre nous avec l'équipe. Mais il n'est pas toujours utile d'apparaître au grand jour, vous savez ?

— Parfois, ça peut aider. Ça attire des subventions, qu'elles soient publiques ou privées. Le Journal est lu par le monde de la finance.

Depuis, ils attendent.

Feuilletant son carnet, Léan demande :

— Revenons un peu en arrière. Ils avaient quand même pris de grandes précautions pour te faire filer, le FLNC, non ?

— Ils auraient aussi bien pu me supprimer. Je suis reconnaissant.

— Tu m'as pas dit ce que tu as fait après avoir quitté la Corse.

Marco laisse les images revenir à lui. Une première nuit passée à bord d'un ferry, la peur au ventre, à regarder disparaître les montagnes où il avait passé son existence, oppressé par la mer autour de lui, plate, d'abord violette sous le soleil, puis noire mais toujours si dense dans la nuit. Les conversations hachées de l'équipage dans toutes les langues faisaient un brouhaha que Marco, rendu stupide par la terreur, n'arrivait pas à comprendre. Les passagers errants sur le pont puis fuyant les embruns collants lui semblaient des silhouettes tordues par le désespoir, les giclées d'eau qui balayaient le sol mal repeint de bleu clair étaient hostiles, les gigantesques cheminées et tous les bruits assourdissants, qui seraient bientôt pour lui une toile de fond familière, avaient un fracas de fin des temps. Mais au matin, comme par un fait exprès, un banc de dauphins avait suivi le bateau sous ses yeux émerveillés, emplissant son âme de joie.

Il répond enfin.

— J'ai travaillé quelque temps sur les ferries, en Méditerranée et dans l'Adriatique. J'ai fêté mes dix-huit ans à Igoumenítsa. Quand j'ai eu assez d'argent, j'ai acheté un passeport au nom de Michele Fieschi, un Italien de deux ans plus âgé que moi. Depuis, c'est mon nom.

— Et ensuite ?

— J'ai été soldat. Prends pas cet air étonné. Cinq ans, dans la Légion. Puis j'ai été videur, garde du corps, je te l'ai dit, non ? J'ai fait de la collecte de dettes, du trafic de pierres précieuses, du trafic de drogue. Deux ou trois braquages, mais j'ai pas aimé ça, trop de monde impliqué, c'est incertain. Et puis je suis devenu ce que tu sais.

Marco était arrivé chez Igdir sept ans presque jour pour jour avant de l'assassiner. Il débarquait de Guyane, escortant une cargaison de coke qui voyageait dans le ventre d'un troupeau de mules. Quinze exactement, treize hommes, une femme et un adolescent. La femme était enceinte. Dans une maison en tôle de Grand-Santi, sur les rives du fleuve Maroni, Marco avait surveillé les mules qui ingéraient les ballots de cocaïne enfermée dans des préservatifs. Les paquets ainsi constitués avaient presque la taille de balles de golf et étaient difficiles à avaler. Difficiles, mais pas impossibles, les trafiquants le savaient, ils avaient juste la taille maximale. Certains des hommes avaient fait des simagrées, mais ils s'étaient exécutés. La femme enceinte, aux bras maigres et aux cheveux décolorés, secs, filandreux, avait réussi du premier coup. Puis était venu le tour de l'adolescent. Dix-sept ans, long et mou, des yeux larmoyants, des tatouages de merde sur les épaules, une grande gueule imbécile. Il en avait déjà avalé deux, en se plaignant beaucoup, puis il avait calé et recraché la troisième, disant qu'elle était trop grosse. Trop dur. Que les autres en avaient eu de plus faciles. Qu'il avait plus trop envie en fait.

Les mules étaient assises par terre, genoux relevés, amorphes. La femme enceinte avait la tête posée sur ses avant-bras croisés et Marco avait d'abord pensé qu'elle dormait, mais non. Entre ses mains fines, son regard était braqué sur l'adolescent.

D'abord, les trafiquants ne lui ont pas prêté attention. Ils avaient des choses à préparer, ils imprimaient les billets d'avion et réglaient les détails du voyage. Puis l'un d'eux s'est tourné vers le jeune qui était resté là, boudeur, devant sa petite balle dure de cocaïne.

— Avale.

— J'y arrive pas.

Le trafiquant a traversé la pièce et, calme, comme si ce n'était rien, il a balancé un méchant crochet dans le ventre du gosse qui s'est plié en deux, souffle coupé, sa couleur partie avec son oxygène. Puis il l'a attrapé par le col de son vieux T-shirt et l'a forcé à se relever. Il a approché du sien le visage maigre couvert de larmes et il a répété :

— Avale.

Le garçon est retombé par terre comme une poupée de chiffon, pleurant, morvant, gémissant. Il aurait fallu qu'il se redresse, à présent, et qu'il avale. Mais il restait au sol, à pleurnicher. Il était de ceux qui comprennent toujours trop tard. Alors, avant que le trafiquant lui règle son compte, Marco s'est agenouillé devant lui, il a cherché son regard, le gosse s'y est arrimé. Cramponné à lui, il s'est relevé, avec dans ses yeux larmoyants cette plainte éternelle et muette qui disait : c'est pas juste. C'est pas juste ce qu'il m'a fait. Ma balle, elle est trop grosse. J'arrive pas à l'avaler. On m'avait dit que c'était de l'argent facile, mais c'est trop dur. Je veux rentrer.

— Comment tu t'appelles ? a demandé Marco en anglais, de sa voix douce, basse, caressante, la voix qu'il emploie avec les chevaux, avec les femmes, avec les enfants.

— Lee-Roy, a dit le jeune dans un sanglot.

Les yeux de la femme enceinte étaient fixés sur Marco à présent, il le sentait. Très lentement, il a sorti son arme de la ceinture de son jean, où il l'avait glissée à même la peau. Il aimait la sentir là, le métal chauffé à son contact. Il a posé le canon sur la tempe du garçon.

— Lee-Roy, avale-moi cette putain de balle.

Les yeux rouges du gosse se sont élargis de terreur, laissant apparaître toute la sclérotique. Il a tendu sa main étroite vers la balle et l'a portée à sa bouche. Le canon toujours sur sa tempe, Marco a souri et hoché la tête, encourageant. Lee-Roy l'a fourrée dans sa bouche, élargissant ses joues creuses de gamin mal nourri. Il a essayé d'avaler, en vain. Marco a pressé le canon contre la peau qui est devenue grise de frayeur. Le gosse a essayé à nouveau, il a eu un haut-le-cœur, il était sur le point de recracher, la main à sa bouche. Marco a armé le chien, le petit clic sec a eu raison de la résistance du gosse. Il a avalé et il est retombé sur le sol en tenant sa gorge déchirée, hoquetant.

Marco s'est relevé. Il a dit au trafiquant :

— C'est vrai qu'elle était un peu plus grosse.

L'homme s'est esclaffé. La femme enceinte fixait toujours Marco entre ses doigts qui tenaient le vide, mais quand leurs regards se sont croisés, elle a baissé la tête et il n'a plus vu que le nid de ses cheveux abîmés.

Les trafiquants ont distribué des vêtements propres à ces détritus de l'humanité qui chieraient outre-Atlantique les précieuses boulettes. Les mules ont enfilé des T-shirts neufs, des jeans un peu rêches. La femme enceinte a dû se dévêtir devant tout le monde et Marco a vu le ballon rond de son ventre. C'est lui qui s'est détourné cette fois.

Puis ils sont montés dans le minibus, un trafiquant a pris le volant, Marco s'est installé à l'arrière, eux se sont répartis en silence, l'adolescent collant son front à la vitre, mutique, terrifié, malheureux. La femme enceinte a posé sur ses genoux serrés un petit sac de pacotille verni. Le chauffeur conduisait trop vite, Marco lui a dit de se calmer, pas la peine de se retrouver avec les gendarmes au cul. La forêt défilait autour d'eux, défigurée par les trouées boueuses des chantiers de déforestation, des mines, des plantations, elle saignait une boue claire, une sève collante, elle bruissait des violons de centaines de millions d'insectes et d'oiseaux expropriés qui les regardaient passer. Elle mourait.

Ils ont atteint les faubourgs de Cayenne, avec les vendeurs sur les bas-côtés, l'aéroport fleuri et charmant, tout petit, des Blancs en chemisette, pas des touristes mais des expats, des créoles et une poignée de Bushinengués de l'intérieur. Marco et le trafiquant se sont séparés sans un mot et Marco est entré avec son petit groupe dans la fraîcheur climatisée du grand hall provincial. La plupart d'entre eux n'avaient jamais pris l'avion, certains n'avaient même jamais quitté leur village.

Marco les avait briefés dans le car, ils savaient ce qu'ils avaient à faire et ils se sont séparés pour se mêler aux passagers et faire la queue aux guichets d'enregistrement. Marco s'est placé juste derrière Lee-Roy, afin de le garder à l'œil. Plus loin dans la file de droite, il apercevait le dos étroit de la femme enceinte, ses cuisses maigres, mais il a remarqué aussi sa cambrure, ses fesses en arrière, ses omoplates étroites, et il a soudain eu envie d'elle. Voilà l'homme qu'il était alors.

Ils avançaient au rythme de piétinement de troupeau des voyageurs. Les mules avaient des petites valises ou des sacs cabine, presque vides, contenant quelques vêtements qu'elles ne pourraient même pas garder quand tout serait fini, et des trousses de toilette neuves garnies à la va-vite... Leur voyage était payé entre 300 et 1 000 euros (le jeune ignorait que les autres avaient touché plus). La femme enceinte avait reçu 700.

L'adolescent s'est enregistré sans histoires, rendu toutefois un peu lent par la terreur. Il possédait un passeport français, c'est pour ça qu'il avait été choisi, il venait d'une famille surinamienne mais sa mère avait traversé le fleuve pour le mettre au monde côté français, où il aurait plus de chances dans la vie, s'était-elle dit dix-sept ans plus tôt, ignorant alors le peu qu'il en ferait. Il ne parlait presque pas un mot de français. Marco a dû intervenir pour l'aider à répondre aux questions de l'employée de la compagnie, comme un passager bienveillant volant au secours d'une situation épineuse. La fille était très jolie, elle avait un visage en forme de cœur et une fleur à l'oreille, Marco lui a souri, il sait que ça illumine ses yeux, souvent les femmes répondent à ce sourire. Elle l'a remercié de son aide.

Ils sont parvenus à la salle d'embarquement. Marco s'est installé confortablement sur un des sièges bas, détendu en apparence. Il portait des lunettes de soleil et, de là où il était, il les voyait tous les quinze avec leur kilo de coke pure dans le ventre, les sucs gastriques occupés à ronger les préservatifs huileux qui l'enveloppaient. Un homme très noir, balèze, aux cheveux en brosse. La femme enceinte. Le jeune, nerveux, qui pianotait des doigts sur ses genoux cagneux. Deux frères aux dents rongées par le sucre de canne. Répartis dans la pièce entre une poignée de touristes, hommes d'affaires en tenue d'été, Américains en transit qui voyageaient comme tous leurs compatriotes avec un coussin autour du cou, Dieu sait pourquoi, quinze malheureux parmi tous ces gens qui n'avaient pas eu, eux, à avaler de drogue en échange de quelques centaines d'euros.

La femme enceinte s'est levée, elle a traversé la salle, on aurait dit une flammèche, son corps droit surmonté de ses cheveux orangés par la lumière électrique. Elle avançait en tanguant, ses yeux coulants, ses pieds flottant dans ses baskets neuves à paillettes – elle avait dû se payer ça avec la première tranche du cash, ces choses inutiles –, les jambes maigres dans le pantacourt qu'on lui avait donné. Elle avait tout de la tox, lui ne l'aurait pas retenue. Mais peut-être que c'était elle qu'ils avaient prévu de balancer aux douanes. Ou alors l'ado ? Marco l'ignorait et s'en foutait. Il était payé pour que les quinze montent dans l'avion, pour qu'ils ferment leur gueule pendant douze heures de vol, qu'ils ne boivent pas d'alcool et qu'ils ne se fassent pas remarquer, puis pour que ceux qui passeraient la douane arrivent au minibus qui les attendait. Il était un chien de berger trottant derrière son troupeau, capable de mordre s'il le fallait.

Quand elle est passée devant lui, son balancement s'est accentué et il a vu sa prunelle glisser au coin de son œil et se fixer sur lui. De nouveau, il a senti une pression dans le bas de son ventre. Elle est allée en roulant des hanches jusqu'aux toilettes des femmes. Il s'est levé.

Il l'a suivie dans les toilettes. Une femme se remaquillait sans faire attention à lui. Il s'est demandé ce que faisaient les autres dans la salle d'attente, tout en se penchant. Il a repéré les baskets à paillettes. Il a poussé la porte – elle était fermée.

— Ouvre.

Un petit clic, il a poussé et cette fois, la porte s'est ouverte. La femme était assise sur la cuvette, immobile, habillée. Il a refermé la porte derrière lui. Il l'a fait se lever, il a pris son visage entre ses mains. Sa peau était tiède. Elle a ouvert la bouche et a attrapé son pouce entre ses lèvres, l'a mouillé, sucé. Il l'a fait se tourner contre la paroi thermoformée de la cabine, il ne savait pas s'il y avait encore quelqu'un dans les toilettes, il n'avait plus conscience de rien que de cette femme sèche, qui sentait la transpiration et le parfum bon marché. Il a baissé le pantacourt élastique, la culotte est descendue avec. Elle l'a aidé en se tortillant, il l'a fait se pencher, il était brutal, pressé, il s'est déboutonné tandis qu'elle se retenait des deux mains au mur, comme pour une fouille. Il a pris son sexe dans une main et de l'autre lui a écarté les fesses, les lèvres, il est entré en elle avec un grognement. Elle n'a produit aucun son. Tenant ses hanches, ou ses épaules, agrippant parfois ses cheveux rêches comme la paille, il grognait sans pouvoir se retenir jusqu'à ce qu'une lave brûlante partie de l'arrière de son dos le traverse et qu'il éjacule en retenant un cri. Il était en sueur malgré la climatisation trop forte. Il avait du mal à respirer. Il est ressorti d'elle, déjà ratatiné. Il s'est rhabillé. Elle s'est essuyée entre les jambes avec le papier toilette marron qu'elle a tiré du distributeur puis a remonté son pantacourt, et s'est retournée pour lui faire face. Il a vu le ventre qui tendait son T-shirt blanc. Il a rouvert la porte et s'est lavé rapidement les mains. Elle était derrière lui, elle le regardait toujours dans le miroir avec, sur son visage étroit, un sourire incertain.

— Retourne t'asseoir.

Le sourire s'est éteint. Elle s'en est allée sans un mot. Il ignorait son nom. Voici l'homme que tu es devenu, a-t-il pensé en se regardant dans la glace. Mais il s'en foutait.

De retour dans la salle d'embarquement, il les a recomptés. Ils étaient là tous les quinze. Personne n'avait profité de son absence pour décamper. Elle s'était installée un peu plus loin contre la baie vitrée et regardait les avions décoller. La voix dans les haut-parleurs a appelé les passagers de leur vol. Ils étaient tous aux aguets, guettant ses mouvements. Dès qu'il s'est levé, ils l'ont imité. La femme s'est glissée dans la file sans plus chercher son regard. Ils ont avancé, tandis qu'autour d'eux le monde semblait continuer à vivre, à pulser, à gronder, lointain, vivant. Lui, à l'intérieur, il était mort. Eux, à l'intérieur, ils étaient morts.

Dans l'avion, elle s'est retrouvée assise à côté de l'ado. Lorsqu'ils ont traversé des turbulences, Marco a vu, entre les sièges, qu'elle lui prenait la main pour le rassurer. Il a commandé une mignonnette de whisky.

C'était presque fini, ils avaient passé le contrôle des passeports, il fallait se diriger à présent, dans le flot continu des passagers, vers le poste de douane, côté « Rien à déclarer ». Il fermait le troupeau ; plusieurs avaient déjà passé les portiques, l'adolescent et la femme enceinte étaient restés côte à côte, contrairement aux consignes, mais Marco ne voulait pas se faire remarquer en les séparant. Il a décidé de les laisser faire, tant pis pour eux, si l'un était pris l'autre tomberait avec, bande de débiles.

C'est alors qu'elle a trébuché. Ou plutôt, que son genou a flanché. Elle s'est reprise. L'adolescent s'est arrêté près d'elle et lui a dit quelque chose, mais Marco était séparé d'eux par des voyageurs et il n'a pas entendu. Elle a fait encore plusieurs pas, avec effort, mais soudain tout son buste s'est penché en avant, comme écrasé par une main de fer, elle a accéléré, emportée par son poids. On aurait dit une poupée agitée par un marionnettiste fou. Elle a levé un bras, pour appeler à l'aide peut-être. Puis elle s'est écroulée. Le garçon a hurlé.

Avance, avance, t'arrête pas, a pensé Marco de toutes ses forces. Mais le jeune homme s'est précipité vers elle. Marco, qui arrivait à sa hauteur, a saisi son poignet, étonné de son étroitesse. Le garçon a levé les yeux vers lui mais Marco l'avait déjà relâché. Entre ses dents serrées, il a soufflé :

— Avance.

Et lui a progressé dans la foule qui commençait à remarquer ce qui se passait, une femme enceinte a un malaise, ont-ils d'abord pensé. Il a continué tandis que s'élevaient les premiers cris, les « oh », les « ah », il a avancé sans tourner la tête et, après une fraction de seconde, l'adolescent lui a emboîté le pas. Marco l'a laissé franchir devant lui les portes coulissantes, des gens commençaient à courir dans tous les sens. Juste avant de passer le seuil à son tour, il s'est tourné, malgré lui. Une écume blanche couvrait les lèvres de la femme et, sur ses yeux, déjà, s'étendait une taie vitreuse. Il arrive que les pochons de cocaïne se rompent dans l'estomac. La mort est rapide.

Les douanes n'ont arrêté personne cette fois. Elle serait passée, elle aussi. Marco a fait monter les quatorze mules restantes dans le minibus qui attendait, il a échangé quelques mots avec le chauffeur puis s'est écarté du véhicule qui démarrait et c'est alors qu'il a vu à la fenêtre le visage de l'adolescent, défiguré par la haine, qui le regardait.

Marco écrase sa cigarette sur le zinc et jette le mégot au loin, puis il tire le matelas de camping, retire sa chemise et s'allonge. Il s'allonge à plat ventre, à cause de sa blessure, et Léan croit qu'il s'est endormi quand il dit :

— Tu sais maintenant l'homme que je suis.

Reine est de retour à la Maison des femmes où elle passe des heures à fixer les lattes au-dessus de sa tête, et ce n'est pas vraiment qu'elle pense, c'est plutôt qu'elle est traversée de pensées comme des nuages, rapides, ténues, balayées les unes après les autres à travers elle. Des images, des sons, des voix, des détails. La main de Michel, ses longs doigts forts se referment sur une toute petite tasse de café. Il s'éloigne et tourne le coin de la rue, ses hanches étroites, les boucles roides qui commencent à griser sur les tempes. Il rajuste sa montre à son poignet. Il remonte soigneusement ses manches avant de l'aider à laver les verres. Il soulève avec facilité deux tables au pied de fonte, une dans chaque main. Il plisse les yeux mais elle seule, se dit-elle parfois, connaît leur clarté sous les sourcils épais. Les lattes de sapin sont fragiles et fendues, le matelas grisâtre boudine entre elles, il y a une odeur fade de moquette, de plastique chaud, des bruits de conversation et des voix de femmes lui proviennent du couloir, mais Reine est toujours au bar, derrière le comptoir, où elle va et vient, affairée, et chaque fois son corps à elle, moulée dans la robe grise qu'Igdir lui impose parfois, dont les bretelles croisées tombent trop bas sur ses seins et dans laquelle elle n'était pas à l'aise au début – à présent, elle ne se pose plus la question –, frôle son corps à lui qui se tient à l'embrasure de la salle des caméras. Adossé au chambranle, droit, solide, il essaie de lui dégager un maximum de place pour ne pas la gêner, car l'espace est étroit, mais elle aime le frôler, elle respire son odeur, de lessive faite à la main et d'un parfum léger, de fumée de cigarette, et puis de sa peau, elle la sent. Malgré lui, il la regarde parfois, elle sait qu'il pose les yeux sur elle mais qu'il se l'interdit et se concentre sur Igdir, vautré sur sa chaise à roulettes, qui parle sans discontinuer. Elle a remarqué depuis longtemps qu'Igdir ne traite pas Michel comme les autres. Il se méfie de lui parce qu'il n'arrive pas à le cerner. Il ne se risque pas à lui donner d'ordre et encore moins à l'insulter ou à le maltraiter, et lui offre souvent à boire. Michel semble toujours le même, indifférent, lointain. Et pour ce qui est d'elle, il est poli, mais distant également. Elle a du mal à croiser son regard. Une fois, elle a fait volte-face et il ne s'est pas détourné assez vite. Leurs yeux se sont rencontrés, elle en a ressenti un choc concret. Elle a fait un pas en arrière. Il a baissé la tête puis il est monté dans sa chambre.

Depuis, elle le cherche et il se dérobe.

Igdir commande deux boissons, Michel le reprend, il n'a besoin de rien. Elle prépare d'abord le cocktail d'Igdir, le dose et le mélange comme il l'aime. Il ne la remercie pas. Elle tend ensuite à Michel une eau pétillante et glacée teintée de whisky, où crépitent quelques glaçons. Il prend le verre, surpris, remercie de la tête. « Dégage », dit Igdir. Elle s'éloigne.

Un autre jour. Il pleut, la pluie glacée d'une nuit de novembre, Igdir avait dit qu'il passerait la chercher, lui avait ordonné d'être prête. Elle attend depuis plus d'une heure devant le café qu'elle a fermé. Elle porte sa robe grise, des sandales à talons hauts, elle serre ses bras autour de ses épaules et se protège de la pluie sous l'auvent. L'eau tombe et ruisselle en gouttes glacées, mouillant ses pieds nus. Elle tremble de froid si violemment que par moments, elle claque des dents sans pouvoir s'en empêcher. Igdir a dit d'attendre, elle n'ose pas désobéir. C'est alors que Michel arrive, tandis qu'elle fixe la nuit, hésitante. Elle ne l'entend pas approcher à cause du bruit de l'eau, il est là brutalement dans la lumière du lampadaire, haute silhouette, longues enjambées, puis il pénètre à nouveau l'obscurité et réapparaît juste devant elle. La tête sous une capuche, la peau pâle. Il tend la main et touche son bras, couvert de chair de poule.

— Tu es gelée. Rentre.

— Je ne peux pas.

Il comprend, n'insiste pas, mais il enlève son blouson et le pose sur ses épaules. Elle a honte qu'il sache ce qu'elle accepte, elle voudrait refuser son aide, y renonce et il reste avec elle, en silence. Il allume une cigarette et la lui passe, ils la partagent sans un mot.

Quand la voiture d'Igdir se range le long du trottoir, d'un mouvement d'épaule elle se dégage du blouson que Michel attrape avant qu'il touche le sol et il entre dans le café sans se retourner tandis qu'elle monte à la place du mort. Comme s'ils venaient juste de se croiser. Elle a peur qu'Igdir ait vu quelque chose. Elle ferme la portière, boucle sa ceinture, la gorge serrée. Sa voiture sent le cannabis, le sucre, l'eau de toilette, la sueur, l'odeur toujours un peu chimique d'Igdir. Sans un mot, il lui tend une bouteille de gin et pose une main sur sa cuisse. Elle respire – il n'a rien deviné. Il fait chaud, la musique est très forte, électronique, Reine ferme les yeux et renverse sa tête en arrière pour boire à longues gorgées, ses pensées fixées sur la petite chambre au-dessus du café où la lumière vient de s'allumer et où une silhouette se dessine au carreau, regardant la nuit et pensant à elle, elle veut le croire.

Des voix d'enfants, l'odeur du café, une main frappe à la porte, est-ce qu'elle veut déjeuner ?

Elle arrive, encore un instant, car Michel est couché à présent, nu, dans les draps en désordre et elle le regarde dormir, nue aussi, contre lui.

Dans la cuisine du centre, les placards et le frigidaire sont approvisionnés par des collectes et des dons. Les femmes cuisinent à tour de rôle. Il y en a qui préfèrent s'occuper de leurs enfants dans leur coin, mais parfois tout le monde mange ensemble. Reine coupe des tomates, elle les débite rapidement en tranches. La chair acide pique ses doigts rongés, elle enlève un peu de pulpe, pas tout, les petits dés sont bien équilibrés, quand ils s'amoncellent trop haut sur la planche, elle la redresse et les fait glisser, les guidant de la paume pour ne pas arroser le plan de travail, dans la casserole où ils frémissent à côté de l'oignon.

— Encore ? s'enquiert-elle.

La femme tatouée, costaude aux cheveux gris coupés court qui lui a assigné cette mission après s'être présentée comme « Nadège, l'ancienne », jette un œil expert sur la casserole et répond :

— Peut-être, encore un peu.

Reine reprend trois grosses tomates farineuses dans un sac et les tranche, puis elle remue le début de sauce. Nadège fait chauffer deux marmites, un débat s'engage pour savoir s'il faut ou pas saler l'eau, et mettre de l'huile alors, ça sert à rien, l'eau et l'huile ne se mélangent pas, les voix françaises se mêlent à ses oreilles dans un brouhaha indistinct qu'elle peut laisser se brouiller à volonté, tandis qu'elle touille les tomates. Elle baisse un peu le feu, sale pour qu'elles rendent leur jus. L'eau met longtemps à bouillir, les femmes dressent le couvert avec la vaisselle dépareillée qui a été récupérée au fil des années, la mère des deux petits qui cavalent dans les escaliers leur donne un morceau de pain pour les faire patienter. Reine inspecte les placards et trouve du lait concentré.

— Je peux faire un dessert. Pour les enfants.

La femme a un sourire brusque, disparu en un clin d'œil, « merci » répond Nadège à sa place. Reine fait couler le ruban de lait opalin dans la casserole et y passe et repasse une cuiller de bois. Quand il a suffisamment épaissi, elle y plonge des petites cuillers et le laisse se figer en refroidissant. Puis elle tend les sucettes improvisées aux enfants.

— Ma grand-mère nous faisait ça quand on était petites, avec ma sœur.

Les femmes lui sourient, mais une émotion la saisit, comme une main se refermerait sur sa gorge, elle leur tourne le dos, effarée, serait-elle sur le point de pleurer, elle qui n'a pas versé une larme depuis l'enfance ? Elle écarquille les yeux, recommence à touiller sa sauce, la vapeur et l'odeur lui montent au visage et l'empourprent, il aurait fallu des herbes, pense-t-elle, pour que ce soit vraiment bon. Nadège lui passe la main dans le dos.

— Tu m'as pas dit comment tu t'appelles ?

— Reine, parvient-elle à répondre d'une voix étranglée.

— Reine, c'est joli. Va t'asseoir, je m'occupe de la fin.

Reine a un sourire désarmé.

— Je n'ai pas l'habitude de m'asseoir.

— Mais aujourd'hui, ta vie va changer, rit Nadège en la conduisant à un siège où elle la force à s'asseoir.

Les autres applaudissent quand elle annonce :

— Aujourd'hui, la reine s'assied. Eh oui, c'est pas juste, c'est comme ça, c'est ma chouchoute du jour.

Reine pose la main sur son ventre, machinalement. La mère des deux petits intercepte son geste.

— C'est pour quand ? devine-t-elle.

— Encore quatre mois, répond Reine.

— Profite. C'est après que tout se corse. Ils se mettent à t'échapper. Du calme les mioches ! hurle-t-elle sans transition aux deux enfants qui ralentissent à peine.

Elles sont toutes installées autour de la table, huit femmes très abîmées et même couturées. Il y a les deux jeunes, qui gloussent, se tiennent toutes les deux voûtées, se chuchotant à l'oreille des commentaires de leurs lèvres couvertes de gloss derrière le rideau de leurs cheveux lissés au fer. Leurs têtes rapprochées au-dessus de leur téléphone, elles suivent en direct sur une chaîne YouTube le divorce d'un acteur accusé d'avoir tabassé son ex. C'est lui qui porte plainte et réclame une somme inimaginable pour atteinte à sa réputation. Les deux filles, qui se cachent ici de compagnons violents, ont pourtant pris sans hésiter parti pour le comédien. Nadège les engueule : elles n'ont donc pas encore compris que la seule solution, c'est la sororité ? C'est quoi ça, la sororité ? L'actrice est une pute qui en avait après son argent, c'était sûr depuis le début. Nadège, dans son pantacourt, ressemble à une prof, ou à une lesbienne, ou bien les deux à la fois, elle les saoule avec sa morale. Et puis elle aussi a reçu des beignes sa vie durant, elle serait pas là sinon, alors qu'est-ce qu'elle y connaît, à la solution ? Elles ont la mauvaise foi vacharde des adolescentes, même si elles sont un peu plus âgées que ça. Leurs parfums sucrés rendent Reine nauséeuse. Son odorat est anormalement développé, elle distingue l'odeur de chacune presque aussi nettement que leur apparence ou leur voix. Elle pourrait les pister comme un chien de chasse. Tiens, voici le sillage de Nadège, son haleine de mauvaise santé, et le talc à ses aisselles. Odeur blanc, gris-blanc. La plus âgée n'a pas renoncé à convaincre les jeunes, elle continue son homélie, les filles l'écoutent, ennuyées mais gentilles dans le fond, moqueuses, patientes, inatteignables dans leur jeunesse. Malgré les mauvais coups, quelque chose dans la perfection de leur chair si vivante qui tend les tissus stretch, déforme les débardeurs, ne marque pas. Elles respirent encore l'envie d'amour, le désir d'y croire. La possibilité d'un autre monde. Reine n'a pas cinq ans de plus qu'elles, mais elle se sent plus âgée de toute une vie.

Elle mange et, comme chaque fois désormais, elle pense en mastiquant, bouchée après bouchée, tiens bébé, prends, c'est pour toi, et la bouillie glisse dans son ventre, encore, encore. À ses oreilles, les conversations forment un brouhaha, un magma flou, comme quand un myope retire ses lunettes.

— C'est hallucinant que vous, parmi toutes les femmes, vous ne souteniez pas une sœur dans la tourmente, s'énerve Nadège.

L'actrice blonde dont les cheveux dévalent en cascade jusqu'à ses hanches, qui sur les photos de tabloïd enlace un acteur puis un autre et encore un autre, qui fait son entrée au tribunal sur quinze centimètres de talons comme une mannequin de défilé, ses lunettes noires de vamp et son meilleur profil offerts aux caméras, une sœur ? Une des filles s'énerve, si elle avait, elle, tout cet argent, tous ces admirateurs, elle se laisserait pas cogner dessus, en tout cas. Si elle avait tout ça, elle saurait bien se défendre. Quelqu'un dit :

— Reprends donc une assiette de bolo, tu les convaincras une autre fois, c'est des cruches.

— Eh oh, s'indignent les deux amies, faisant mine de prendre la mouche.

Tout le monde rit, Reine aussi, machinalement, quand le buzz de l'interphone retentit. C'est la police. Le découragement l'envahit, la surprise, aussi, car elle avait, pour un instant, cessé d'y penser.

— Ce qui est hallucinant, fait le jeune flic qui conduit, cette fois, c'est que l'autre jour c'était impossible de deviner que vous étiez enceinte, alors que là, d'un coup, excusez-moi de vous dire ça, mais on voit plus que ça. C'est dingue. Pardon, hein, je ne suis qu'un homme, j'y connais rien, j'ai même pas d'enfant moi-même, mais je savais pas que ça se passait comme ça, un jour rien, le lendemain pop. J'espère que ça vous énerve pas que je parle de votre ventre, j'arrête, peut-être ?

— Voilà, arrête, lui lance Laurence, mais avec un sourire à Reine qui ne peut s'empêcher de le lui rendre.

— Pop, quand même, c'est fou, marmonne-t-il encore pour lui-même.

Et c'est vrai, Reine constate en effet que son ventre est sorti – maintenant que tout le monde sait, le bébé prend ses aises. Elle l'imagine tel un têtard dans sa mare de liquide tiède, scintillant à l'instar des bébés salamandres qu'elle attrapait dans la forêt, à l'arrière de la cabane de sa grand-mère, avant le départ à la ville. Les flaques d'eau, alimentées par les énormes feuilles lisses et convexes des plantes grimpantes qui suintaient à leur extrémité, étaient pleines de ces créatures dorées, mystérieuses, fragiles, éclats immémoriaux de lumière candide.

Elle s'extrait de son souvenir comme on s'ébroue. Le temps se mêle en elle, en ce moment, et l'image mentale de ses genoux osseux de petite fille, le grain de sa peau, son odeur et son goût quand elle tourne la tête pour lécher la sueur séchée sur son épaule nue, d'un petit coup de langue familier, semblent plus proches et plus réels que cette voiture, cette banlieue poussiéreuse et brûlante, ce pays qui n'est pas le sien. Mais la créature est bien là en elle, probablement pas dorée mais nageant à son aise au creux de son ventre, à droite, à gauche, un coup de nageoire, s'exerçant déjà à devenir plus vive, plus forte. Reine réprime un sourire. Elle est dans une voiture de la police. Ils cherchent Michel. Elle doit rester concentrée.

— Marco ?

Il reconnaît sa voix, l'accent velouté, le *r* si doux, terreux, le *o* d'une perfection vespérale. Quand est-elle revenue ? Mais pourquoi Marco ? Elle l'appelait Michel. Il voudrait ouvrir les yeux mais n'y parvient pas. Il dit quelque chose, sa langue est pâteuse, il ne peut pas articuler.

— Marco ? Marco !

Quelqu'un le secoue. Ce n'est pas la voix de Reine. Ses paupières s'ouvrent enfin. Il n'identifie pas le visage qui le fixe, il ne sait plus où il est, un instant, avant que tout lui revienne. Il se trouve sur le matelas de Léan. Son front est moite, brûlant, les draps froissés sont enroulés à sa taille. Il se sent nu, piégé. Il grogne, pour se protéger :

— Je te plais tant que ça ?

Léan recule.

— Tu délirais.

— Un cauchemar.

— Elle est de plus en plus moche, la plaie. Il y a pas mal de pus.

— Je sais.

— Je pense qu'il faudrait prendre des antibios, insiste Léan.

— Tu en as ?

— Non.

— Alors t'occupe, fait Marco.

Il se lève avec difficulté et remplit un verre d'eau qu'il boit en regardant la nuit. Il sent Léan qui attend, derrière lui, terriblement enfantin bien qu'il se croie un homme.

— Marco, tu vas finir par crever. Il y a bien un médecin qui soigne les gens comme toi. Un type radié de l'ordre ? Un vétérinaire ? Un infirmier qui arrondirait ses fins de mois ?

Marco a un rire fatigué.

— Tu regardes trop la télé.

— Il y a forcément une solution.

Marco soupire.

— Je connais des gens, oui. Mais je ne peux pas faire appel à eux.

— Pourquoi ?

— C'est comme ça. N'y pense plus. Ce sera bientôt fini.

Léan a reçu, l'après-midi même, l'autorisation de réaliser un reportage à la Maison des femmes. Demain il sera à l'intérieur et suivra une séance de thérapie collective. Marco n'a manifesté aucune émotion en l'apprenant, il a juste hoché la tête et rédigé un petit mot au crayon à papier, qu'il a demandé à Léan de remettre à Reine, s'il la trouve.

Après un silence, il reprend :

— Quand je suis arrivé au bar, et qu'Igdir m'a montré la chambre du dessus, la première chose à laquelle j'ai pensé, c'est le petit coin à l'épicerie que j'avais quitté à seize ans. À cause de l'odeur, je crois, cette odeur de poussière sèche et propre, chauffée par le soleil. C'était comme si le temps et l'espace étaient abolis. Je me suis dit qu'on passe sa vie à courir, tout ça pour retourner dans un endroit qui ressemble aux commencements. Ça sera quoi, pour toi, Léan, tu crois ?

La dune grise sous le ciel gris bordée de la mer grise emplit un instant la chambre sous les toits.

— J'en sais rien, ment-il par réflexe.

Marco le regarde en souriant comme s'il voyait clair en lui, alors il le relance pour botter en touche :

— Comment tu es arrivé chez Igdir ?

— J'avais besoin d'un endroit où crécher, et je lui étais envoyé par des gens à qui il ne pouvait pas dire non. Igdir, c'était une vraie crevure avec ceux qui étaient plus faibles que lui. Et crois-moi que personne, même pas sa mère, quoi qu'elle en dise maintenant, ne le regrette. Il a jamais su quoi penser de moi. Dans le doute, il me cherchait pas trop. C'était un drôle de type. Il était capable de déployer beaucoup d'efforts pour plaire, mais pas de tenir longtemps. Donc il m'a ouvert la porte, il m'a fait entrer, il a attendu que je fasse un peu le tour, puis il m'a demandé si ça m'allait. J'ai dit oui. Dans les jours qui ont suivi, j'ai fait poser un verrou et j'ai aménagé une cache sous le lit. En échange de la chambre, je rendais des services. Comme quand j'étais gosse, et ça me plaisait. C'est pas lui qui me l'avait demandé, d'ailleurs. Je l'ai fait pour avoir une couverture, si d'aventure je devais justifier ce que je foutais là. Je pouvais aller et venir comme je voulais, travailler tranquille.

Par travailler, Léan sait ce qu'il entend.

— À quelle fréquence ?

— Irrégulière.

— Pour quels genres de clients ?

— Variés.

— En région parisienne ?

— Pas uniquement.

Léan soupire, se fait une note pour lui-même d'y revenir plus tard, quand Marco le surprend en se remettant à parler.

— Il y a une forte concurrence, maintenant. Des petits fous qui se filment à la GoPro, des gosses assassins qui posent avec les couilles de leur victime, des tarés qui postent tout en direct, ils tueraient femmes et enfants, c'est à peine croyable.

Marco secoue la tête. Morale d'un assassin ? s'interroge Léan. Fierté de l'artisan ?

— Tu en connais ?

— Non.

— Vous vous fréquentez ?

— Entre tueurs ? Tu es con ?

Marco s'est refermé, Léan change de pied.

— Ce que je comprends pas, demande-t-il doucement, c'est pourquoi tu as tué ce mec. Pourquoi vous n'êtes pas seulement partis, Reine et toi ?

— Je le voulais. Mais ça se prépare. C'est pas des professions qu'on quitte comme ça. Ou disons qu'il vaut mieux qu'on te retrouve pas. J'ai attendu trop longtemps. Quoi ?

Léan le dévisage.

— Qu'est-ce que tu as ?

Un sourire lui tire la bouche d'un côté, lui donnant l'air un peu dément.

— Là, sur la joue.

Marco se rend côté salle de bains, où il se penche pour se regarder dans le petit miroir. Il tente de lisser le muscle de sa joue, de faire disparaître son rictus.

— Je sais pas.

Léan s'approche de lui et à nouveau, il est frappé par la chaleur que dégage son corps. Les cernes sous les yeux sont noirs, le front est moite. Il lui touche l'épaule, la peau de Marco brûle.

— Ça va, Marco ?

— Ça va, petit.

La grimace a disparu. Léan reprend ses notes, cherche où ils en étaient, repart en arrière.

— Quel genre de services tu rendais à Negezi ?

— Je faisais la sécu le soir. Quand Reine est arrivée, j'ai commencé à me charger aussi de sortir et de rentrer la terrasse, pour lui épargner d'avoir à le faire. Avant Reine, j'avais connu la précédente, Marielle. Une loque. Elle avait des tocs. Elle tremblait. Elle avait tellement peur de lui qu'elle sentait. Tu savais que la peur a une odeur, Léan ? Marielle sentait la peur. Mais elle était pas si cassée que je l'avais pensé, parce qu'elle a eu la ressource de s'enfuir après l'arrivée de Reine. Retrouve-la, si tu y arrives. Si tu me demandais, je dirais qu'elle est retournée vivre chez ses parents et qu'elle ne sort pas beaucoup. Marielle Dessemble. Retrouve-la et fais-la te raconter, tu verras qui était l'homme que j'ai tué. Pas que ce soit une excuse, d'ailleurs. Quand elle a disparu, Igdir a voulu que j'aille la récupérer. J'ai refusé. Mon métier, c'est supprimer les gens, pas les retrouver, pour qu'ensuite ils se souviennent de moi. J'ai dit que ça m'intéressait pas, et il ne m'a plus jamais rien demandé, mais je sais qu'il creusait sur moi. Il voulait comprendre qui j'étais, qui me protégeait, comment m'utiliser. En vérité, j'aurais dû partir. J'étais jamais resté aussi longtemps quelque part.

— Pourquoi tu es resté, alors ?

— Pour elle. Au début, il se la gardait pour lui, l'attrait de la nouveauté.

Ça avait duré quelques mois, Igdir était presque gai, Marco l'avait même vu siffloter. Puis il s'était lassé, comme il se lassait de tout.

— C'était un homme qui abîmait même ce qu'il aimait. Il l'a amenée au café. Et je l'ai vue pour la première fois.

Marco ne dit pas la silhouette compacte de statuette derrière le rideau noir de ses cheveux, liquide autour de son corps, ondulant et vivant. Un rayon de soleil tombe droit sur elle et la noirceur de sa chevelure est telle qu'il s'y éteint. C'est une créature aquatique, une déesse issue d'un monde ancien. Elle tourne la tête en sentant une présence derrière elle et Marco voit d'abord une pommette haute, un œil étiré, puis un visage tout en courbes, brun, rond, insondable.

— Qu'est-ce qui s'est passé ? demande Léan.

— Elle m'a souri. On arrête maintenant, je suis fatigué. Retourne te coucher.

Léan obéit. Il ne se sent pas glisser dans le sommeil et s'endort aussi facilement qu'un enfant.

Marco finit une nouvelle cigarette puis se rassied à la table et reste là, immobile. Aurait-il pu faire autrement ? Emmener Reine ? Il aurait aimé qu'ils aient une chance, tous les deux.

Son poing s'est serré sur la table et il n'arrive pas à le rouvrir. Ses muscles sont raides, il doit utiliser son autre main pour déplier les doigts un à un. Il force sa main à se détendre.

Combien de temps vont-ils mettre à le retrouver ici ? Qui arrivera le premier, des tueurs ou de la police ?

— Nous reprenons cette audition que votre malaise avait interrompue. À tout moment, si vous ne vous sentez pas bien, vous nous le dites, on fait une pause. Priorité aux générations futures.

Le jeune flic a un sourire désarmant, elle hoche la tête.

— Alors, ce qu'on aimerait comprendre un peu mieux, pour être clair, c'est quelles raisons ce Michel pouvait-il avoir d'en vouloir à M. Igdir Negezi ? Et comme on est des gens peut-être pas très futés, mais méthodiques, on a continué à travailler pendant que vous vous reposiez, et on a commencé à dresser un portrait de la victime qui n'est pas uniquement flatteur. Vous me suivez ?

Reine acquiesce.

— Je ne dis absolument pas que vous avez menti ou quoi que ce soit, mais quand même, vous n'avez pas non plus été complètement franche. Donc je vais formuler ma question clairement : Igdir Negezi était un homme violent ?

Reine hoche la tête.

— Avec vous ?

— Oui.

— Vous l'avez vu se conduire de manière violente avec d'autres personnes ?

Les images se bousculent en elle, elle prend conscience à travers le regard des flics que ses mains se tordent l'une l'autre, s'efforce au calme, respire lentement, desserre ses doigts.

— Oui.

— Vous avez peur de lui ? Vous avez conscience qu'il ne peut plus rien vous faire ?

— Oui.

— Quelqu'un d'autre vous fait peur ?

Elle secoue la tête. Non, elle n'a pas peur.

— Vous l'avez vu être violent avec d'autres femmes ?

C'est Laurence à présent qui pose les questions et elle avance tout doucement.

— Oui.

— Qui étaient ces femmes ?

— Des prostituées, des petites amies, des filles qu'il rencontrait. N'importe quelle femme.

— Est-ce que c'était dans le cadre de jeux sexuels, de pratiques sadomasochistes, que ce soit dans des donjons ou à la maison ? Vous comprenez la question ?

— Oui. Parfois, c'était ça.

— D'accord. Donc parfois, c'était des pratiques sexuelles consenties ?

— Oui.

— Mais pas toujours ?

— Non.

— Et avec vous ? C'était consenti ?

— Non.

— D'accord.

Elle a mal au cœur, les spaghettis et la sauce bolognaise lui pèsent maintenant sur l'estomac, mais elle ne s'autorise pas à interrompre à nouveau l'interrogatoire, pas chaque fois.

— L'avez-vous vu violent avec des hommes également ?

— Parfois. Des clients du bar, des bourrés.

— Des bourrés ? OK. Avez-vous déjà vu quelqu'un le menacer ?

« Si tu la touches encore une fois, je te tuerai », avait dit Marco, et ces mots avaient arrêté un temps la violence. Marco préparait leur départ en secret. Mais Igdir, lui aussi, tramait quelque chose.

— Non.

— Jamais personne ne s'est énervé, rebellé contre lui ? Jamais le copain d'une des femmes avec qui il allait n'est venu au bar pour se bagarrer ?

— Non. Pas devant moi en tout cas. Mais peut-être.

— Connaissez-vous Marielle Dessemble ?

Le cœur de Reine bat à toute vitesse. S'ils connaissent l'existence de Marielle, c'est qu'elle s'en est tirée, et Reine trouve un réconfort profond à cette idée. Marielle vivait à la villa quand Reine est arrivée en France. Elles ont passé des semaines ensemble. Un soir, elles se sont enfuies, elles se sont fait la courte échelle, Reine qui était agile a grimpé la première puis elle a hissé Marielle qui avait tellement peur qu'elle en bavait, elles sont passées par-dessus le portail, se sont esquinté le ventre, les cuisses, les mains et les avant-bras sur les tessons de verre brisé qui parsemaient le mur, mais elles ne se sont pas arrêtées. Elles étaient pieds nus, en T-shirt et en culotte. Reine a fait glisser Marielle jusqu'au talus, puis elle a basculé à son tour et elle s'est laissée pendre. Mais dans son affolement, elle a lâché trop tôt et elle est retombée comme un sac sur le sol inégal. Elle a senti une douleur insupportable dans sa rotule, a retenu son cri, s'est relevée difficilement. Sa tête tournait, une lumière stroboscopique battait à l'intérieur de son crâne. Elle a lutté pour ne pas s'évanouir. Marielle courait déjà, loin devant. Elle a vu son visage pâle et terrifié se tourner vers elle, une fois, puis elle n'a plus aperçu que l'arrière de son crâne blond. Elle a commencé à marcher, à essayer du moins. Sa jambe blessée raclait le sol car elle ne pouvait pas la plier, l'articulation, déjà gonflée, ne fonctionnait plus. Elle a essayé de la soulever et de la poser devant, en s'aidant de ses mains autour de sa cuisse, mais ensuite, elle ne pouvait pas supporter son poids, cette jambe, c'était comme si elle avait été coupée en deux au niveau du genou, et dans ce fracas de petits os fêlés un grand soleil rouge de douleur irradiait et gommait tout le reste, alors elle l'a laissée derrière et l'a traînée sur la terre et l'asphalte, sur les bouquets de chicorées et de plantes vertes qui avaient réussi à pousser là où le goudron avait disparu de cette route mal entretenue. Il faisait froid ce jour-là, très froid, des bourrasques venues du nord secouaient les ifs d'une propriété voisine et Reine voyait se dessiner au loin la silhouette noire et trapue du bois de Mai, du nom d'un château qu'on apercevait parfois lorsque le portail était ouvert, mais où personne ne vivait, disait-on. Sa chute l'avait désorientée. La sueur dans ses yeux l'aveuglait. Elle s'est mordu la langue et le goût familier de son sang dans sa bouche s'est répandu, ses dents claquaient comme dans une parodie. Où était passée Marielle ? Elle progressait vers le bois quand un bruit de moteur s'est fait entendre derrière elle. Elle ne s'est pas retournée, elle a continué à se traîner, désespérée, le long des murs des propriétés cossues, à droite, à gauche. Il n'y avait pas d'issue et derrière elle, la voiture se rapprochait, la rattrapait, moteur tournant toujours, se mettait à rouler au pas. La vitre est descendue et la voix d'Igdir a dit :

— Monte.

Marielle avait disparu. Reine s'est arrêtée.

Elle est entrée dans la voiture. Elle a espéré, quelques jours, que Marielle avait donné l'alerte et qu'on viendrait la chercher. Puis elle a cessé d'y croire.

— Vous la connaissez ? Marielle Dessemble ?

Sa jambe a été immobilisée dans une attelle pendant douze semaines. Elle a mal, encore, chaque matin en se levant, et aussi quand il fait humide.

— C'est une de ses anciennes compagnes. Elle nous a décrit des scènes très… très difficiles. Vous apparaissez dans son témoignage.

Le jeune flic, qui a l'air soucieux, reprend :

— Bien sûr, ce n'est pas une enquête sur M. Negezi, qui est décédé, mais ce mode de vie et les relations particulières qu'il entretenait avec les femmes peuvent constituer, pour nous, des pistes d'explication. On aime savoir qui, comment, mais on a aussi besoin d'un mobile. Ça veut dire, la raison du meurtre.

Elle hoche la tête.

— J'ai rencontré Marielle quand je suis arrivée. Je ne l'ai pas connue longtemps. Elle est…

Elle cherche ses mots :

— … partie. Je ne l'ai jamais revue. J'espère qu'elle s'en est tirée. J'espère qu'elle va bien.

Laurence reprend :

— Elle nous a dit qu'elle avait honte, qu'elle aurait dû prévenir quelqu'un. Elle vous demande pardon.

Reine ferme les yeux. Le dos droit de Marielle, ses cheveux blonds, ses jambes qui pistonnent, sa silhouette qui disparaît, courant pour sa vie, sans se retourner.

— Est-ce que Michel connaissait Marielle Dessemble ?

— Peut-être.

— Les avez-vous déjà vus ensemble ?

— Non.

— Saviez-vous que Michel n'est pas son vrai nom ?

Elle regarde les flics, stupéfaite.

— Vous l'ignoriez ?

— Oui.

— Connaissez-vous une raison qui ait pu pousser celui que vous appelez Michel à tuer M. Negezi ?

Elle secoue la tête.

— Très bien, on va en rester là. Vous serez peut-être convoquée devant le juge pour être auditionnée. Et je dois vous prévenir, Reine, qu'il y a un vrai risque que vous soyez mise en examen. Vous comprenez ?

Elle hoche la tête.

— Le juge aura peut-être l'impression, à la lecture de vos différentes auditions, que vous ne vous êtes pas montrée franche avec nous. Il se peut même qu'il pense que vous cachez quelque chose. Et que si vous cachez quelque chose, c'est pour protéger l'auteur d'un meurtre. Voilà ce qu'il se dira.

— D'accord.

— En France, je précise parce que je sais pas comment ça se passe chez vous, mais en France, théoriquement, le complice d'un crime risque la même peine que l'auteur. C'est clair pour vous ?

— Oui.

— Vous avez quelque chose à ajouter ?

— Oui.

— On vous écoute.

— Comment il s'appelle ? Michel, c'est quoi son nom ?

Léan se tient face à la petite Maison des femmes, aux murs peints de couleurs vives qui tranchent sur la grisaille, adossée à l'arrière de l'hôpital public. Après avoir été longuement briefé, il est introduit dans une pièce au rez-de-chaussée dont les portes-fenêtres ouvrent sur une courette occupée par quelques pots de fleurs, des tables et des chaises pliantes, et des cendriers sur pied qui débordent. Des chaises colorées sont disposées en cercle dans la salle. À l'un des murs, un grand tableau présente des mots cerclés et fléchés, organisés en colonnes : « Amour ». « Perte d'estime ». « Peur ». « Espoir que ça s'arrange ». Le reste a été effacé.

La psychologue est une femme mince vêtue sans apprêt. L'assistante sociale, elle, bronzée et sexy, avec de grandes créoles aux oreilles, porte une robe bariolée et des espadrilles à talons.

À 11 heures, huit femmes entrent. Parmi elles, il reconnaît immédiatement Reine et découvre, avec stupéfaction, qu'elle est enceinte.

Elle est de loin la plus petite en taille. Ses cheveux lisses tombent tout droit jusqu'à ses hanches. Sa peau mate est pâle. Elle porte une robe d'un rouge passé, qui s'arrête sous les genoux, et des tennis blanches. Elle lui paraît très jeune. Elle a l'air inquiète. Elle s'assied face à la porte et aux fenêtres du jardin, dans l'angle, et si elle lui a jeté un bref coup d'œil en entrant, elle a semblé ensuite l'effacer complètement de son champ de vision.

— Nous accueillons aujourd'hui un journaliste qui va faire un article sur la Maison des femmes. Il s'est engagé à nous faire relire son texte avant parution, afin qu'on puisse s'assurer que personne n'est reconnaissable. Mais si l'une d'entre vous n'était pas d'accord pour qu'il assiste à la séance, il suffit de le dire, et il s'en va.

Une femme aux cheveux gris coupés court prend la parole.

— Bah attention, hein, parce que je me suis pas fait de brushing, alors ça va pas aller.

Des petits rires polis, Léan lève une main rassurante.

— Je ne prends pas de photo, c'est pour la presse écrite. Et vos cheveux sont bien, ajoute-t-il en souriant.

Il a la surprise de voir la femme, qui a le double de son âge, rougir brusquement. L'assistante sociale reprend.

— Si tout le monde est d'accord, on y va.

Elles ont de vingt à soixante-dix ans. Assises voûtées ou altières, incertaines ou ennuyées, attentives ou fatiguées, sur leurs chaises, blaguant un peu, mais à l'écoute. Le premier exercice consiste à se réapproprier l'espace, explique l'animatrice. Elles se lèvent, à tour de rôle, et elles doivent obéir à des directives que leur donne la psychologue.

Étrange ballet. Les gestes brusques de la femme aux cheveux gris. Les ondulations de la plus jeune, qui sourit, heureuse de bouger, et que Léan trouve si jolie qu'il a du mal à détacher ses yeux d'elle. C'est au tour de Reine. Elle repousse ses cheveux derrière son épaule. Appliquée, concentrée, elle écoute les consignes ; elle écarte les bras, elle tourne, elle ferme un peu les yeux et lève le visage vers la lumière de l'extérieur, machinalement. Elle semble légère, comme si elle n'imprimait qu'à peine sur le monde. Léan regarde, pour raconter à Marco. Il voit que ses bras nus portent des dizaines de cicatrices. Ses jambes, aussi, bien qu'en moins grand nombre. Un corps martyrisé.

— Un pas à droite. Ferme les yeux. Tourne doucement sur toi-même. Arrête-toi. Lève les deux bras. Sans ouvrir les yeux, fais-moi confiance. Tout cet espace, il est à toi.

La jeune femme rouvre les yeux, elle a posé ses mains sur son ventre, elle sourit.

Léan note n'importe quoi, des conneries, immensément triste. La plus jeune dit que ça lui donne envie de twerker tout ça et elle le fait, les autres tapent des mains, Léan détourne les yeux.

Pour l'exercice suivant, elles doivent se mettre deux par deux, et l'une devra guider l'autre.

— À tour de rôle, vous serez comme des marionnettes. Dans un cas, vous réapprenez la confiance. Dans l'autre, vous êtes sujet décidant. Faites juste attention de pas vous rentrer dedans. On y va.

Les paires se constituent. Les deux jeunes filles sont ensemble. Reine, elle, se retrouve avec la plus âgée du groupe. Léan écrit la consigne dans son carnet. Les petits duos commencent à fonctionner. Mais la vieille et Reine ne font rien. La vieille se tient debout un peu raide, en face de Reine qui attend.

Elle fourrage dans ses cheveux courts.

— Bon, OK, ben alors t'as qu'à, je sais pas, tu pourrais…

Elle s'interrompt, sa voix se brise. Reine se tourne et cherche du secours du côté de la psychologue.

— Attends, attends, c'est con. Je sais pas trop quoi te faire faire. C'est idiot cet exercice. Mais je lui fais faire quoi ? Ça m'énerve, il est con votre truc.

— Fais-lui faire n'importe quoi, dit la jeune twerkeuse. Genre un pas de côté.

— Bon d'accord, vas-y Reine.

— Faut que tu lui dises le côté, Nadège, quand même.

— Mais j'en sais rien du côté, merde ! Ça change quoi, le côté ?

La psychologue s'approche.

— Ça ne doit pas forcément passer par les mots. Tu peux la guider comme une marionnette. Regarde.

Elle fait comme si elle attrapait un fil relié à l'épaule de Reine et le tirait vers le haut. Reine comprend aussitôt et son épaule s'élève de quelques centimètres. La psychologue attrape le fil invisible au-dessus de la main, et la déplace en direction de la vieille.

— Tiens, attrape.

Instantanément la vieille obéit et attrape le fil invisible, puis elle reste immobile. Reine aussi. Les autres s'arrêtent à leur tour et se tournent vers les trois femmes. Nadège relâche le fil invisible et explose.

— C'est de la merde votre truc, c'est tout !

Elle part en furie, claquant la porte derrière elle. La psychologue et l'assistante sociale échangent un regard.

— J'y vais, propose l'assistante sociale.

Les autres femmes attendent une explication.

— Cela peut être douloureux de reprendre les commandes, de se mettre dans la situation de décider, et non plus d'exécuter. Il y a des parcours de vie qui rendent ça très difficile.

Les plus jeunes sont pensives. Alors comme ça, Nadège, qui prend toujours les choses en main et qui paraît si autoritaire dans leur petite cuisine communautaire, n'arrive pas à prendre des décisions ?

— On fait une pause, je vais chercher du café.

Elles s'éparpillent. Reine sort dans la courette, d'où elle regarde le ciel. Léan la rejoint. Il ne sait pas comment s'y prendre mais il n'aura peut-être pas d'autre moment.

— Vous êtes Reine ?

Elle se tourne vers lui, déjà méfiante.

— Je voudrais vous parler.

— Je ne parle pas bien français, répond-elle.

Il regarde ses yeux sombres, son visage rond, sa bouche charnue, le visage d'un être aimé.

— C'est pas pour un article, en réalité. Je suis venu pour Marco. Enfin, Michel.

Tout se fige, la couleur déserte la peau. Il voit que son rythme cardiaque s'accélère et elle porte une main à son ventre.

Elle doit se demander si c'est un piège.

— Il m'a demandé de vous donner ça.

Il prend sa main et y glisse un papier plié en quatre. Quand il la lâche, son bras retombe, comme tout à l'heure. Mais les doigts se sont refermés sur le papier et le serrent. Elle reste silencieuse, aussi Léan s'inquiète. A-t-elle peur de Marco ? Il se demande si Marco s'est trompé. L'aime-t-elle, aussi ? Le dénoncera-t-elle ? Elle pourrait appeler la police, dire qu'un journaliste l'a approchée. Il n'avait pas pensé à ça. Il ne sait pas quoi ajouter et les voix des femmes se rapprochent, la séance va bientôt reprendre. Alors qu'il va s'éloigner, elle le rattrape et demande, d'une voix précipitée :

— Il va bien ?

L'assistante sociale entre dans la pièce mais elle regarde en arrière, donnant une consigne à quelqu'un, alors Léan, sur une impulsion, parce qu'il voudrait que ces amants-là au moins soient réunis, rajoute dans sa main sa carte de visite, en indiquant le numéro de son portable.

— Il est chez moi.

Elle sent des picotements, elle a l'impression de flotter, les sons se déforment à ses oreilles. Quand elle ferme les paupières, il lui semble voir de très loin, les perspectives se tordent. Elle tente d'amener en elle des pensées apaisantes, elle pense à sa grand-mère, mais le visage de la vieille femme est trop loin pour qu'elle le distingue, c'est comme si elle le contemplait du fond d'un puits, entre les lignes droites d'une perspective démente. Précipitamment, elle rouvre les yeux, et alors ce sont les lattes de bois du sommier au-dessus d'elle qui paraissent trop proches. L'autocollant représentant une petite fille avec une grosse tête et un sac à dos a mal vieilli. Elle tend la main et en gratte les bords. Puis laisse retomber son bras, prise de torpeur. Il fait chaud dans la chambre où l'air ne circule pas. Elle a ouvert la fenêtre, dehors il n'y a presque pas de bruit, comme si l'été ne devait jamais finir. Elle croise ses mains sur son ventre dur et gonflé. À l'intérieur, le bébé aux yeux fermés dort, pris dans ses propres rêves.

Michel, ou Marco alors, puisque c'est son nom, comme elle s'appelle en réalité Huaraz, se tient dans son dos. Elle a senti sa présence avant de le voir, elle a vérifié son reflet dans la vitre en face d'elle. Une silhouette noire et droite. Elle se retourne.

Elle a, sur les cuisses, le dos, à l'intérieur des bras, des bleus, des marques, des griffures, des brûlures. Igdir l'a battue jusqu'à l'évanouissement quand elle a essayé de fuir. Mais son visage est encore intact, rien n'y paraît de son désespoir, elle est si jeune.

Elle se retourne. Elle regarde l'homme qui se tient derrière elle et lui sourit, frappée par sa beauté.

La lumière du matin entre à flots entre les persiennes de la fenêtre en chien-assis et éclabousse le plancher, repeignant la pièce entière, presque nue, de blanc. Ils sont couchés, emboîtés l'un dans l'autre. Que se sont-ils raconté ? Si peu de choses. Il a parlé de pays qu'il a vus. Elle a décrit pour lui la forêt profonde où elle a grandi, sous les feuilles grasses, épaisses, aussi vastes qu'un toit. Les nids soyeux des *tarantulas*, ces grosses araignées poilues dont on aperçoit parfois les yeux brillants et une patte prudente. Dans le sous-bois s'accrochent des plantes parasites qui font des taches de couleur à travers l'ombre. Les pieds nus de Huaraz et de sa sœur ne font pas un bruit. Un jour, elles ont vu un ocelot moucheté d'or et d'ambre, immobile sur une branche. Le hurlement des singes dans le lointain. Un bruissement parfois dans la canopée. La vie fourmillante et compacte, minuscule sur le sol, sous la couche des feuilles mortes, innombrable et obstinée. Les insectes grouillants. La vie, menaçante et magnifique dans les hauteurs, invisible. Elle chante la chanson de sa grand-mère.

Elle en a oublié presque toutes les paroles. C'est la langue ancienne, la langue disparue. Elle ne se souvient que des premiers mots, ou alors c'était le refrain ; elle l'entonne tout doucement à l'oreille de Michel, il écoute le chant de son enfance chavirée et disparue, les mots qu'elle ne retrouvera pas, l'effacement de ce qui ne sera jamais plus et qu'on ne peut même pas pleurer. Lorsqu'elle disparaîtra à son tour, la chanson sera morte.

Quand elle a fini, il dit :

— Attends encore un peu. Nous allons partir tous les deux. Je te le promets.

Reine ouvre le papier que Léan lui a donné. Il comporte une succession de chiffres, une adresse à l'étranger, et ces quelques mots : « Avec ou sans moi, pour toujours. Michel ».

Sous la peau brûlante de Marco, les morts s'agitent et suppurent de ses plaies comme s'ils voulaient sortir. Il marche entre les carcasses, son grand-père sur ses jambes arquées se détourne de lui avec une moue de mépris, Gentellini est assis par terre, l'air étonné, sur une table d'autopsie gît le corps de Pépé Lanzaro, le garçon qui pleurait dans la cabane en Guyane, Lee-Roy, pleurniche d'un air accusateur ; il aperçoit la flamme folle des cheveux de la femme enceinte dont il n'a jamais su le nom, reconnaît ce matelot avec qui il aimait jouer aux cartes assassiné par un amant dans son sommeil, plus loin, un Marocain à plat ventre gratte la terre avec ses doigts, et le chien de son grand-père le fixe de ses yeux vairons et gronde, découvrant ses crocs.

Il se réveille en sueur, cherchant l'air. Léan est accroupi à côté de lui, l'air inquiet. La chambre est étouffante. Marco écarte le jeune journaliste et se lève difficilement. Il va jusqu'à l'évier, côté cuisine, se penche et fait couler l'eau directement sur sa nuque.

— Tu lui as donné ?

— Oui.

— C'est bien.

Marco hoche la tête et boit encore une gorgée. Léan se demande comment formuler ce qu'il a à dire, parce que Marco ne lui en a jamais parlé, puis il se lance.

— Elle est enceinte. Tu le savais ?

Le regard de Marco l'oblige à détourner les yeux.

Quand elle sort de la Maison des femmes pour se rendre à l'adresse que Léan lui a donnée par téléphone, elle trouve le jeune flic pâle qui l'attend, adossé au capot de la voiture dans laquelle Laurence est au volant, ses lunettes de soleil sur les yeux. Il a l'air désolé.

— On ne peut pas vous laisser y aller, Reine, c'est trop dangereux. La BRI est déjà sur place.

Elle tombe à genoux sur le trottoir.

Une sorte de *woush woush* détourne l'attention de Léan vers la porte de son studio. Il lui semble distinguer un jeu d'ombres et de lumière. Il y a quelqu'un dans le couloir. Marco, lui aussi, fixe la porte. *Woush woush*.

Léan la regarde, hypnotisé. Elle a l'air, très lentement, de se soulever et se déformer, de tourner sur elle-même. Il se demande s'il délire.

— Écarte-toi, fait Marco à Léan, qui est juste devant.

Comme il ne réagit pas assez vite, Marco le pousse brutalement au moment même où un millier de petits éclats de bois volent en tous sens. Des hommes cagoulés envahissent la pièce, la fureur se déchaîne.

— À terre, à terre !

— Tes mains, tes mains, lève tes mains ! hurlent les voix.

Léan regarde Marco qui est debout au centre de la pièce. Le drôle de sourire, comme un rictus, qui remonte sa joue à droite, est revenu.

— Lève tes mains, bordel ! hurle quelqu'un.

Marco n'obéit pas. Il tremble et son buste commence à s'arquer vers l'arrière. Léan comprend qu'il ne maîtrise pas ses mouvements. Un spasme secoue le corps de son ami. Il fait un pas vers lui quand des mains gantées et brutales l'attrapent, le soulèvent comme une plume, le plaquent au sol. Il a le temps d'apercevoir Marco qui semble chuchoter quelque chose, peut-être « chut chut », se dit Léan, interloqué, ce qu'on dirait à un enfant inquiet, avant qu'un coude le percute en plein visage. Le sang gicle et l'aveugle.

— Tes mains, montre tes mains !

Léan essaie de crier qu'il est malade, mais ne sort de sa bouche qu'un gargouillis inaudible accompagné d'une bouillie rouge. Quelqu'un écrase son visage sur le sol et il ne voit plus rien.

— Tes mains ! encore une fois.

Comme agité par un marionnettiste fou, le bras de Marco se replie brutalement en arrière. Des coups de feu retentissent. Léan se met à pleurer.

Léan est assis sur le banc, peut-être le dernier de Paris, couvert de quelques chiures de pigeon séchées. Un vent frais chiffonne les feuilles déjà tombées, pas encore balayées. Il n'a plus de travail, il a démissionné en sortant de sa garde à vue, il y a près de deux mois de cela. Le corps de Marco a été autopsié et Me Askolovich l'a appelé pour lui faire part des résultats.

— C'est rare, de nos jours, quelqu'un qui n'est pas vacciné contre le tétanos. Cela explique la raideur et les crispations musculaires que vous avez mentionnées. Vous ne pouviez pas savoir, a-t-il ajouté gentiment. Il n'aurait sans doute pas survécu...

Léan a acheté un pyjama rayé jaune et blanc incroyablement petit, qu'il ira déposer tout à l'heure à la maternité. Reine et lui sont mis tous les deux en examen pour complicité. Élisa sera l'avocate de Reine. Elle a pu visionner les films révélés par l'exploitation des ordinateurs d'Igdir et n'a rien voulu en dire à Léan, à part qu'elle avait le cœur brisé. Ce dernier, pour sa défense, s'est adressé à Me Askolovich, avec une forme de curiosité détachée pour son propre sort.

Le message vide qu'il reçoit chaque 12 octobre, jour anniversaire de la mort de Mélie, est arrivé quelques jours auparavant. Le numéro est inconnu mais il sait que c'est Tiago.

Mélie est assise sur le sable doux et friable. Il paraît que les Inuits n'ont pas, en réalité, cent mots pour dire la neige en fonction de sa qualité, de sa compacité, de sa blancheur. C'est pour le sable qu'il en faudrait cent, selon qu'il est dur et presque noir, lisse, luisant et traître sous le lustre, sec et friable, grinçant de ce son si particulier lorsqu'on se hâte vers les vagues, doré, blanc, gris, d'un marron profond qui pourtant ne rappelle jamais celui de la terre, bronze, ocre, poudreux, et même poussière. Donc Mélie est assise sur le sable qui à cet instant est cendre grise mais dont les grains sont liés encore les uns aux autres, doux, sculptable et périssable à la fois, et c'est ce qu'elle fait, entre ses pieds étroits, de ses doigts maigres, elle sculpte des figures fantastiques qu'elle détruit à mesure qu'elles apparaissent. Léan croit reconnaître un gnome, une sirène, une tortue à tête humaine, un poisson ailé, naissant et mourant dans un mouvement continu. Mélie a les genoux remontés autour de ses oreilles, le front baissé, têtu, il voit courir la chair de poule sur sa peau mate, Mélie a toujours un peu froid et ne se couvre jamais assez. Il voudrait qu'elle le regarde, lui sourie, il voudrait qu'elle s'ouvre à lui, mais c'est la Mélie des mauvais jours, au visage pâle sous le hâle, aux yeux cernés de bleu, aux lèvres fines, rentrées. Ses cheveux fins sont agités par le vent. Léan a baissé sa combinaison de surf jusqu'à la taille. Les autres sont encore dans l'eau mais commencent à renoncer, les vagues sont dangereuses et imprévisibles, une succession de petites gifles qui s'aplatissent ou se dérobent puis reviennent en ressac quand ils commencent à ramer. Il n'y a que Tiago, au loin, qui attende encore, tourné vers l'horizon. Tiago a toujours eu l'espoir d'autre chose alors que Léan, lui, était heureux de ce qu'il croyait avoir.

Il aimerait que Mélie lève la tête mais elle continue de ne présenter que son crâne, ses cheveux soyeux, et les formes changeantes entre ses mains. Il voudrait qu'elle le regarde. Encore une fois. Juste une. Aujourd'hui encore il continue de le vouloir.

Que faisaient-ils ensemble, sur la moto de Tiago, ce jour-là ?

Ils lui manquent.

Il entre dans la maternité.

Reine a encore le ventre gonflé. Elle est très pâle. Dans une couveuse transparente, une minuscule créature prématurée est couchée, violette, chevelue, fripée. Léan n'ose rien dire, de peur de l'éveiller. Reine non plus n'a pas l'air à l'aise. Elle prend la main de Léan et lui demande en chuchotant de choisir le deuxième prénom de l'enfant, qu'elle a prénommée Perle. D'une voix plus ferme qu'il ne l'aurait cru possible, il propose Mélie.

Sur le trottoir, alors que la nuit commence à tomber, il sort son téléphone, clique sur le dernier message vide et presse le bouton d'appel.

La nuit est tombée sur l'hôpital, les lumières se sont tamisées, on entend des pleurs de nourrisson dans une autre chambre et des bruits de voix étouffées, mais Perle, elle, est calme, dans son petit pyjama rayé jaune et blanc. Quand elle sortira d'ici, Reine attendra un peu que la police la laisse tranquille. Puis elle ira à l'adresse que Marco lui a donnée.

Reine pose le bébé sur ses genoux étendus devant elle et elle chante, d'une voix rauque, la complainte oubliée de son enfance, dont les mots lui reviennent à présent. Sa fille la regarde, attentive, de ses yeux très clairs.

MINISTÈRE [illegible] INTRUSION, avec Jean-Michel Decugis et Marc [illegible], 2022.

[illegible]

DE LA MÊME AUTRICE

Aux Éditions Denoël

18.3. UNE ANNÉE À LA PJ, 2020 (Folio n° 6990)

QUARTIER DE COMBAT. LES ENFANTS DU 19e, avec Abdoulaye Sissoko et Zakaria Harroussi, 2021

REINE, 2024 (Folio n° 7561)

BRIGADE BABYLONE, avec Mahi Grand, coll. « Denoël Graphic », 2025

Aux Éditions Robert Laffont

LE FLEUVE, 2005. Prix Edmée de La Rochefoucauld

PANNONICA, 2007

QUE DE L'OUBLI, 2013

L'AMÉRIQUE DES ÉCRIVAINS. ROAD TRIP, photographies de Guillaume Binet, 2014. Grand Prix des lectrices de *Elle* « Document »

Aux Éditions Grasset

MIMI, avec Jean-Michel Décugis et Marc Leplongeon, 2018

LA POUDRIÈRE, avec Jean-Michel Décugis et Marc Leplongeon, 2021

DIEU ÉTAIT EN VACANCES, avec Julia Wallach, 2021

DAFT, avec Anne-Sophie Jahn, 2022

MINISTÈRE DE L'INJUSTICE, avec Jean-Michel Décugis et Marc Leplongeon, 2022

UNE NUIT EN FRANCE, avec Jean-Michel Décugis et Marc Leplongeon, 2025

COLLECTION FOLIO

Dernières parutions

7320. Lucas Belvaux	*Les tourmentés*
7321. Christian Bobin	*Le muguet rouge*
7322. Christophe Boltanski	*King Kasaï*
7323. Iegor Gran	*Z comme zombie*
7324. Caroline Lamarche	*La fin des abeilles*
7325. Monica Sabolo	*La vie clandestine*
7326. Lisa Balavoine	*Ceux qui s'aiment se laissent partir*
7327. Rumena Bužarovska	*Mon cher mari*
7328. Alba de Céspedes	*Elles*
7329. Jenny Lecoat	*La clandestine de Jersey*
7330. Ludmila Oulitskaïa	*Le corps de l'âme*
7331. Hélène Dorion	*Pas même le bruit d'un fleuve*
7332. John Muir	*Juin dans la Sierra*
7333. Isabelle Amonou	*L'enfant rivière*
7334. Denis Diderot	*Paradoxe sur le comédien*
7335. François-René de Chateaubriand	*Voyage en Italie*
7336. Patrick Chamoiseau	*Une enfance créole*
7337. Anne Akrich	*Le sexe des femmes*
7338. Jonathan Coe	*Le royaume désuni*
7339. Roy Jacobsen	*Les vainqueurs*
7340. Virginia Woolf	*Des heures à lire* et autres courts essais
7341. Blaise Cendrars	*Prose du Transsibérien* et autres poèmes du monde entier
7342. Margaret Kennedy	*Divorce à l'anglaise*
7343. John Steinbeck	*Les raisins de la colère*
7344. Giosuè Calaciura	*Le silence de la mère*
7345. Laura Kasischke	*La vie devant ses yeux*
7346. Nathan Harris	*La douceur de l'eau*

7379. Maylis Adhémar	*La grande ourse*
7380. Lucie Rico	*GPS*
7381. Camille Froidevaux-Metterie	*Pleine et douce*
7382. Éric Reinhardt	*Le moral des ménages*
7383. Guéorgui Gospodinov	*Le pays du passé*
7384. Franz-Olivier Giesbert	*Le sursaut. Histoire intime de la Ve République, I*
7385. Daniel Pennac	*Terminus Malaussène. Le cas Malaussène, 2*
7386. Scholastique Mukasonga	*Sister Deborah*
7387. Anonymes	*Évangiles*
7388. Pierre Assouline	*Le nageur*
7389. Louise Kennedy	*Troubles*
7390. Ron Rash	*Plus bas dans la vallée*
7391. Bénédicte Belpois	*Gonzalo et les autres*
7392. Erik Orsenna	*Histoire d'un ogre*
7393. Jean-Noël Pancrazi	*Les années manquantes*
7394. James Baldwin	*Chroniques d'un enfant du pays*
7395. Elizabeth Jane Howard	*La fin d'une ère. La saga des Cazalet V*
7396. Ruta Sepetys	*Si je dois te trahir*
7397. Brice Matthieussent	*Petit éloge de l'Amérique*
7398. James Baldwin	*Blues pour Sonny*
7399. Honoré de Balzac	*La Maison du Chat-qui-pelote, Le Bal de Sceaux, La Bourse*
7400. Sylvain Tesson	*Blanc*
7401. Aurélien Bellanger	*Le vingtième siècle*
7402. Christophe Bigot	*Le château des trompe-l'œil*
7403. Delphine de Girardin	*La Canne de M. de Balzac*
7404. Emmanuelle Bayamack-Tam	*La Treizième Heure*
7405. Adèle Van Reeth	*Inconsolable*
7406. Mattia Filice	*Mécano*
7407. Anne Serre	*Notre si chère vieille dame auteur*

7408.	Bernhard Schlink	*La petite-fille*
7409.	James Joyce	*Pénélope*
7410.	Joseph Kessel	*Les juges*
7411.	Aliyeh Ataei	*La frontière des oubliés*
7412.	Julian Barnes	*Elizabeth Finch*
7413.	Abdulrazak Gurnah	*Près de la mer*
7414.	Bernardo Zannoni	*Mes désirs futiles*
7415.	Claude Grange et Régis Debray	*Le dernier souffle*
7416.	François-Henri Désérable	*L'usure d'un monde*
7417.	Négar Djavadi	*La dernière place*
7418.	Élise Costa	*Les nuits que l'on choisit*
7419.	Joffrine Donnadieu	*Chienne et louve*
7420.	Louis-Ferdinand Céline	*Londres*
7421.	Étienne de Montety	*La douceur*
7422.	Edgar Morin	*Encore un moment...*
7423.	Maylis de Kerangal et Joy Sorman	*Seyvoz*
7424.	Dominique Bona	*Les Partisans*
7425.	Jérôme Garcin	*Mes fragiles*
7426.	Raphaël Haroche	*Avalanche*
7427.	Philippe Forest	*Je reste roi de mes chagrins*
7428.	Juliana Léveillé-Trudel	*On a tout l'automne*
7429.	Bruno Le Maire	*Fugue américaine*
7430.	Joris-Karl Huysmans	*Marthe* et *Les Sœurs Vatard*
7431.	Fabrice Caro	*Journal d'un scénario*
7432.	Julie Otsuka	*La ligne de nage*
7433.	Kristina Sabaliauskaitė	*L'impératrice de Pierre, tome I*
7434.	Franz-Olivier Giesbert	*La Belle Époque. Histoire intime de la Ve République, II*
7435.	Laurence Cossé	*Le secret de Sybil*
7436.	Olivier Liron	*Danse d'atomes d'or*
7437.	Paula Jacques	*Mon oncle de Brooklyn*
7438.	Mathieu Lindon	*Une archive*
7439.	Denis Podalydès	*Célidan disparu*
7440.	Erri De Luca	*Grandeur nature*
7441.	Javier Marías	*Tomás Nevinson*

7442. Arturo Pérez-Reverte	*Le maître d'escrime*
7443. Anonymes	*Les Folies Tristan*
7444. Germaine de Staël	*Dix années d'exil*
7445. Michel Zink	*Trois professeurs à la dérive*
7446. Victor Hugo	*Les Misérables. Version abrégée*
7447. Hunter S. Thompson	*Gonzo Highway*
7448. Collectif	*Haikus d'automne et d'hiver*
7449. Liu An	*Du monde des hommes*
7450. Collectif	*Dire le deuil*
7451. Jean Giono	*Noël* suivi de *La Belle Hôtesse*
7452. Éric Chacour	*Ce que je sais de toi*
7453. Étienne Klein	*Courts-circuits*
7454. Colette	*Chéri* et *La Fin de Chéri*
7455. Colette	*Sido* et autres textes
7456. Robert Seethaler	*Le café sans nom*
7457. Léna Ghar	*Tumeur ou Tutu*
7458. Éric Reinhardt	*Sarah, Susanne et l'écrivain*
7459. Jack Kerouac	*Anges de la Désolation*
7460. Mokhtar Amoudi	*Les conditions idéales*
7461. Maylis Besserie	*La nourrice de Francis Bacon*
7462. Maryse Condé	*Célanire cou-coupé*
7463. Kerwin Spire	*Monsieur Romain Gary. Écrivain-réalisateur*
7464. Julie Wolkenstein	*La route des Estuaires*
7465. Leonardo Sciascia	*Mort de l'inquisiteur*
7466. Colette	*Pour un herbier*
7467. Françoise Ega	*Lettres à une Noire*
7468. Virginia Woolf	*Un roman à écrire*
7469. Huysmans	*En ménage* et *À vau-l'eau*
7470. Nathacha Appanah	*La mémoire délavée*
7471. Lilia Hassaine	*Panorama*
7472. Basile Mulciba	*Hors saison*
7473. Nicolas Fargues	*La péremption*
7474. Juan Tallón	*Chef-d'œuvre*
7475. Imogen Binnie	*Nevada*
7476. Santiago H. Amigorena	*La justice des hommes*
7477. Fabrice Humbert	*L'expérience des fantômes*
7478. Patrick Modiano	*La danseuse*

7479. Sophie Chauveau *La fièvre Masaccio*
7480. Pierre Michon *Les deux Beune*
7481. Zeruya Shalev *Stupeur*
7482. Victor Hugo *Ce que c'est que l'exil*
7483. Arturo Pérez-Reverte *Le tango de la Vieille Garde*
7484. Balzac *Le Père Goriot*
7485. Laura Kasischke *Esprit d'hiver*
7486. Jean-Jacques Rousseau *Lettres sur la botanique*
7487. George Sand *« À l'ombre des arbres »*
7488. Flora Tristan *L'aventure de l'émancipation féminine*
7489. Laure Adler *Charlotte Perriand*
7490. Éric Fottorino *Mon enfant, ma sœur*
7491. Gaëlle Bélem *Le fruit le plus rare*
7492. Franck Courtès *À pied d'œuvre*
7493. Marion Fayolle *Du même bois*
7494. Karina Sainz Borgo *Le Tiers Pays*
7495. Guy Boley *À ma sœur et unique*
7496. Jean-Christophe Rufin *Notre otage à Acapulco*
7497. Claire Vesin *Blanches*
7498. Christian Bobin *Le murmure*
7499. Pline l'Ancien *Remèdes issus des plantes de jardin*
7500. Hélène Gestern *Cézembre*
7501. Christian Kracht *Eurotrash*
7502. Dominique Barbéris *Une façon d'aimer*
7503. Boris Pasternak *Le docteur Jivago*
7504. Everett Ruess *Vagabond de la beauté*
7505. Vincent Brault *Le fantôme de Suzuko*
7506. Élisa Shua Dusapin *Le vieil incendie*
7507. Akira Mizubayashi *Suite inoubliable*
7508. Richard Morgiève *La fête des mères*
7509. Rachel Cusk *Arlington Park*
7510. Vincent Delecroix *Naufrage*
7511. Jean Hatzfeld *Tu la retrouveras*
7512. Tahar Ben Jelloun *Les amants de Casablanca*
7513. Charles Aubert *Danser encore*
7514. Flannery O'Connor *C'est peut-être votre vie que vous sauvez*

7515.	Gisèle Halimi et Choisir la cause des femmes	*Le viol. Plaidoirie de 1978*
7516.	Anonymes	*Le Roman de Renart*
7517.	James Baldwin	*Personne ne sait mon nom*
7518.	Ian McEwan	*Leçons*
7519.	Kristina Sabaliauskaitė	*L'impératrice de Pierre, II*
7520.	François-René de Chateaubriand	*Printemps en Bretagne*
7521.	Orwell	*Dans la dèche à Paris et à Londres*
7522.	David Foenkinos	*La vie heureuse*
7523.	Thomas Snégaroff	*Les vies rêvées de la baronne d'Oettingen*
7524.	Pierric Bailly	*La foudre*
7525.	Hemley Boum	*Le rêve du pêcheur*
7526.	Alexandre Labruffe	*Cold case*
7527.	Boualem Sansal	*Vivre. Le compte à rebours*
7528.	Hélène Dorion	*Jours de sable*
7529.	Antonin Varenne	*La piste du vieil homme*
7530.	Grimm	*Contes*
7531.	Anne-Laure Bondoux	*Nous traverserons des orages*
7532.	Sylvain Tesson	*Avec les fées*
7533.	Caroline O'Donoghue	*L'affaire Rachel*
7534.	Salman Rushdie	*Shalimar le clown*
7535.	Amina Damerdji	*Bientôt les vivants*
7536.	Franz-Olivier Giesbert	*Tragédie française. Histoire intime de la Ve République, III*
7537.	Jean Rouaud	*Les champs d'honneur*
7538.	Jean Rouaud	*Des hommes illustres*
7539.	Marie Sizun	*10, villa Gagliardini*
7540.	Sophie Berger	*Banc de brume*
7541.	Pascal Quignard	*Les heures heureuses*
7542.	Hisham Matar	*Mes amis*
7543.	Collectif	*« Il faut cultiver notre jardin ». Jardins et jardinages littéraires*
7544.	Philippe Jaccottet	*Les Cormorans* suivi de *Beauregard*

Tous les papiers utilisés pour les ouvrages des collections Folio sont certifiés et proviennent de forêts gérées durablement.

Composition Utibi.
Impression Blackprint
à Barcelone, le 25 août 2025.
Dépôt légal : septembre 2025.

magasin@gallimard.fr

ISBN 978-2-07-311604-8. / Imprimé en Espagne.

661084